銃剣

白井靖之

郁朋社

銃剣／目次

装丁／根本 比奈子

銃《じゅう》剣《けん》

（一）

増井洸介《ますいこうすけ》が父から預かった銃剣の由来を知ったのは、昭和四十八年の夏、老衰で八十歳の生涯を終えた父、増井忠雄《ただお》の死後、二年余り経ってからだった。

銃剣を預ったのは、父が亡くなる凡そ半年位前のことで、洸介三十七歳の時である。

当時東京の小さな商事会社に勤務していた洸介が、社用で関西に出張した時、足をのばし、両親の居る故郷松山に立ち寄った時だった。

「これをお前に預けたい」

帰ってきた早々に洸介は座敷に呼ばれ、いきなり父から銃剣を手渡された。

洸介がその銃剣を見たのは、初めてではなかった。

このとき見た銃剣は、以前に見たときと違って、柄の部分と黒い鞘の先の部分が異様な程に光沢があった。

この銃剣が日露戦争時日本軍の捕虜となり、松山の捕虜収容所に収容されていたロシア軍捕虜将校が置いていった銃剣であることは、以前から聞いてはいた。が、どういう経緯があって、父がそれを所持していたのか、その辺のところは明らかではなかった。

というのも、生前父は何故か、その由来を語ろうとはしなかったからである。

何か語りたくない理由があるに違いない。そう思って、銃剣を預った時も、その後も父からその由来を聞かないままで父に死なれてしまった。

洸介が初めてこの銃剣を見たのは、昭和二十年七月二十七日の朝のことである。

どうして正確にその日のことを覚えているかというと、その前日にアメリカ空軍による松山空襲があったからである。

松山空襲は終戦の年、昭和二十年七月二十六日の遅くに始まり、翌朝未明まで及んだ。市内の中心部は灰燼に帰し、罹災戸数一万四千三百戸。死者二百五十一名。行方不明八名。負傷者は数え切れないほど、という記録が残っている。(『慟哭の伊予灘』発行所㈱第三文明社より抜粋)

当時国民学校四年生だった洸介は、両親と女学校に通う姉と四人で家から脱出し、家に隣接する畑の中に掘られた防空壕に避難していたが、空襲が何波にも及び、危険を感じ、更に裏の田園地帯に逃れた。

脱出する時、永年住み馴れた二階建てのわが家が、赤い炎に包まれて倒壊していくのが見えた。

B29爆撃機の音が近づき焼夷弾の雨を降らせる毎に洸介は、田んぼのあぜ道に身を伏せ、身をふるわせおののいた。市街地の家々の燃える様が、まるで夢の中の出来ごとのように思えた。

夜が白々と明け、辺りは急に静かになった。と、この時洸介達は、父とはぐれてしまったことに気付いた。

「とにかく家に帰ってみましょう」

母はそう言い、先頭に立って、逃げた時に辿った農道を家の方向に向かって歩きはじめた。

帰ってみると家の周辺は全くの廃虚と化し、母と姉と洸介の三人は、崩れた家の前で呆然と立ちつくした。

それにしても父は一体どこに行ったのか。

洸介達が心配している時突然、焼失倒壊した家の方からいきなり白い物体が現れた。よく見るとそれは鶏だった。とぼけた表情で首を左右に傾けながらゆっくりと洸介達の方へ歩いてきた。

あの大空襲で、八羽の飼っていた鶏の中でこの一羽だけがどうして生きのびたのか、誰もが不思議がった。だが、生きのびた鶏がいたというだけで洸介達は、何か胸に暖かいものがこみ上げてきた。

続いて鶏が出てきた廃虚の方から、がさがさというような音が聞こえてきた。その方向に向かって三人は進んだ。

と、そこには、焼失倒壊した家の瓦礫の中に身を入れて、夢中になって何かを探している父の姿があった。

「お父さん、そこで何をしているんですか」

母が叫ぶように言うと、父はこちらをちょっと振り返り、

「よー、みんな無事だったか」

そう言うと、再び向こう向きになって作業を続けた。

「何をしているのか知りませんが、早くこちらに来て下さい」

母の哀願にも拘らず、父は何かを探す作業をやめなかった。

洸介が父の横顔をのぞき見ると、そこには何かに憑かれたような表情があった。

やむをえず三人は、防空壕に入って父を待ちながら近くの農家から配給されたおにぎりを食べた。その時のおにぎりの美味しかったことを今も覚えている。

しばらくして父の忠雄がようやく洸介達が避難している防空壕に帰ってきた。そしてその手には、あの銃剣が握られていたのだ。

父が廃虚の中で探していたのはこれだったのか。

洸介達は合点したのだが、やはり、こんな緊急時に、何故父が錆びて薄汚れた剣のようなものを倒壊した家の中から必死になって探し出し、大事そうに持ち帰ってきたのか、母も納得がいかないようだった。

「こいつはな、人様の預りものなんだ。あの瓦礫と一緒に埋もれさすわけにはいかんのだ」

「そんなに大事なものなら、ちゃんと防空壕に事前に保管しておけばよかったのに……」

「遅れたんだよ」

母の言葉に父はうめくように答えた。

「そうですか」

そう言う母の言葉には、どこか険があって父への不信の気持が込められていた。

無理もない。家族の心配をよそに、どんな大事なものかは知らないが、夢中になって瓦礫の中で探し物をしている父への腹立たしさは、今になって洸介にもよく分かる。

父が持つ銃剣は、火の中に在ったせいか、全く光沢を失い、錆びてみすぼらしく映った。当時見馴れた軍刀に比較しても、まるで玩具の剣のように奇異な感じがした。

「これはな、日露戦争の時捕虜になって松山の収容所にいたロスケ（当時はロシア人のことを父はそんな風に呼んでいた）が置いていったものなんじゃー」

「へえー、そうだったんですか。でも何であなたがそれを持っているんですか」

母がそう言うと、父は「いろいろあってな……」と言ったものの、それ以上のことを語ろうとはしなかった。

亡くなるまで、永年連れ添った母親にさえも銃剣を預った経緯について、頑なに口を閉ざしたまま逝ってしまった父の心情がどこにあったのか、洸介は父の生涯の親友だった岡山淳平《おかやまじゅんぺい》に出会うまでは分からなかった。

唯、父の銃剣への思いが、どの辺にあったのか、その手掛かりの幾つかは、亡くなる前年に父が洸介に銃剣を預けた時に直接聞くことができた。

「この銃剣は俺の叔母、増井明子から預ったものだ……」

七十九歳の父は、そのいかつい顔に似合わず、ちょっとはにかみにも似た表情でそう言った。

父が銃剣を預った人の名を口にしたのは、あとにも先にも、この時が最初で最後だった。

父の叔母増井明子について、この時まで洸介は多くを承知していなかった。

明子は祖父勇一郎の妹で、日露戦争時、日本赤十字社の看護婦だった。従軍こそしなかったものの、内地で日本軍の負傷兵や、負傷したロシア兵捕虜の治療に当たったたと聞いている。

若くして亡くなったというが、生前その美貌は近所でも評判で、多くの男達があの手この手で近づいてきたという。

洸介は一度だけ明子の写真を見たことがある。それは祖父勇一郎と並んで写っている写真で、彼女がまだ松山の女学校に通っている頃のものと思われた。

羽織袴をはいた当時の制服姿の明子が、池らしき場所を背景に、長身の身体ですっくと立っている姿は、洸介の目にも魅惑的に映った。色白で穏やかな表情ながら、どこか内に勝気なものを秘めているように感じられた。

父は、銃剣をこの叔母の明子から預ったと言うのである。

だが、何故父が日露戦争時、ロシア兵捕虜が置いていったという銃剣を明子から預ったのか。明子が何故それを持っていたのか。

結局父はそのことを明らかにしようとはしなかった。

この時の父の頼みは、洸介にとって意外なものだった。

「お前に頼みたいことは、この銃剣を明子の眠る墓に、三十四年後に戻してほしいんじゃ」

「えっ」

洸介は絶句したまま、父の顔をしばらく見つめた。

「今じゃーいけないんですか。どうして三十四年後なんですか」

気を取り直して洸介がそう言うと、

「明子叔母との約束なんじゃー。彼女の死後百年経ったらこの銃剣を彼女の墓に還すという約束なんじゃー」

「でもオヤジ、三十四年後と言えば、俺も七十一歳。生きているかどうか、分からんですよ」

「いやその時は、お前の息子によく頼んでおいてほしい」

そう言うと父は、銃剣を桐の木箱に収納して洸介の前にそれを押し出すや、さっさと立ち上がって、庭の方に歩いていった。

この時父は既に自らの死を予感していたに違いない。もしそうでなかったら、銃剣を洸介に預け、叔母の明子の墓に、彼女の死後百年後に還すという依頼を息子の洸介にしなかったに違いない。

それにしても、この銃剣は、彼女が亡くなった時、柩の中に入れてやれば、それで済むことだった。何も彼女が亡くなって百年後にわざわざ、それを墓下に還す意味がどこにあったのか。

ともかく父の遺言とあらば、それは果さなければならない。が、生前の父にも伝えたように、三十四年後と言えば、当時三十七歳だった洸介も七十一歳になっている。その年齢まで、自分が生きているかどうかも定かではない。

もしものことがあれば、洸介の子供にそのことを果させて欲しいとまで言っている。その並々ならぬ執念がどこから来ているものなのか、洸介はこの時は分からなかった。

父の叔母、明子の死から百年後に銃剣を彼女の墓に還すということの意味は、いくら考えても分かることではなかった。

父から預った銃剣を、あの時洸介は埼玉の自宅に持ち帰り、保管した。保管と言っても和室の床の間の掛け軸の下に三十四年間ほとんど、置いたままになっていた。

その銃剣の木箱を見る毎に、何か胸に痛みのようなものを覚えたのは、父の遺言を果さなければならないという、義務感のようなものが洸介の気持の中にあったからに違いない。

それでも銃剣を全く木箱の中に放置していたわけではない。

洸介は神田にある商事会社を途中退職したあと七十一歳になるまで、埼玉県の私立高校で社会科の教師をしていたが、校長を三年間勤めた後、平成十八年に退職した。

ちょうどその年が、父親との約束を果す年に当たっていたということに、洸介は不思議な因縁を感じていた。

銃剣は夏休みなどに、ふと思いついて手に取ることがあった。

細身の銃剣は、外見の割には重く、手に取ると、ずしりとした重みがあった。

父が崩れたわが家の廃虚から掘り出した時は、錆びた薄汚れた剣という感じがしたが、父から預った時には、柄や鞘の先の銀色の部分も手を入れたと見えて、かなりの輝きがあった。

銃剣というものが戦場に於いてどういう風に使われるものなのか、洸介はこの時までよく知らなかった。

そこで調べてみると、次のような記述があった。

——平常は鞘に収まって腰に帯び、接戦突撃の場合、小銃の先につけて敵を刺突するのに用いる短い剣——（広辞苑）

洸介はあらためて銃剣を見つめ直す。

日露戦争時、ロシア兵捕虜将校が置いていったというしろものだけに、どこか西洋の古戦場で使われていたのではないか、と思われる趣きがあった。

柄に手をかけ抜いてみる。刃の銀色の輝きがまぶしい程だ。多分父はこの銃剣を専門の研ぎ屋に出して整えたに違いない。

それにしても父の叔母、明子は、何故こんなものを持ち、父に託したのかそれは謎のままだった。しかし、父の死後数年経って、父の親友岡山淳平と遭遇し、初めてその詳細が判明したのだった。


増井明子が葬られた墓は、松山市郊外の寺町にあった。

浄福寺《じょうふくじ》というその寺は、増井家本家の墓がある。そして明子の墓は何故か、本家のばかでかい墓から離れた東の隅の方にひっそりと在った。

本家の御影石の整った古色蒼然たる趣きの墓と比較すれば、それはいかにもみすぼらしく、囲いこそあるものの、その墓石は小さく、洸介の目には、人がひとりうずくまっているような連想をさせるものがあった。

墓石の正面に刻まれた文字は、本家の墓と同じ（南無阿弥陀仏）の文字だが、その文字は、判読出来ない程崩れていた。

墓石の横の個所には、明子の名前と、没した年月日が記されていたが、洸介がその年月日を確認したのは、ずっとのちのことだった。

明子が亡くなったのは、明治三十九年十二月五日となっている。

洸介は子供の頃母親に連れられて、増井家の本家の墓参りによく浄福寺を訪れたものである。

そんな時、本家の墓に参拝したのちに、母は必ず、そこから離れた個所にある明子の眠る墓に花を持って参拝した。だから洸介も、誰の墓とも分からないままに、墓の前で手を合わせた。

しかし、後になってその墓に入っている明子が、未婚の二十一歳で他界したにも拘らず、何故本家の墓に葬られず、離れた場所に一人葬られたのか、そのことに疑問を抱いた。

が、母は洸介にその理由を語ってはいない。

母の妙子が明子のことをどれだけ承知しているかは不明だったが、たとえ知っていたとしても、若い洸介に語れなかった理由は、後になって知ることになった。


洸介の父の一周忌は、昭和四十九年夏、彼の父が眠る増井本家の墓のある浄福寺で営まれた。参加したのは母と洸介、それに洸介の姉の美智子夫婦、それに地元の数名の親戚の人だけのつつましやかなものだった。

一年前の葬儀もこの寺で行われたのだが、参列者も三十名そこそこで、生前の父の華やかだった時代のことを思えば、今昔の感があった。

祖父、増井勇一郎が残した市内屈指の薬問屋を継承したにも拘らず、若くして地方の政界に転出し、祖父の財を使い果した。

市議会議員、議長、戦後は市の助役を長く勤めたが、そこまでだった。

助役退職後、市長選挙に打って出たが、落選。その後は凋落の一途を辿った。

(祭りは終った)

市長選挙に敗れた父忠雄は、そう言ったそうだが、その言葉通り、それからの父は、死んだ人間の様に動かなかった。

番頭に任せた薬問屋は、既に戦前、倒産し消滅していた。

――三代目が勇一郎さんの財産をすっかり道楽の政治につぎ込んで増井家を台無しになさった――

近隣の人達がこんな陰口をきくのを父の耳には聞こえてきたようである。

(言いたい奴には言わせておけ。俺は俺の道を生きてきただけだ)

生前、父は母にそう言っていたそうである。

父の凋落期、洸介はちょうど高校、大学と多感な日々を送った。

市長選挙に敗北したため家は借金まみれで、家計は火の車だった。

勇一郎が残した二十軒にも及ぶ借家の土地を手離したのもこの頃のことだったようである。

洸介の学費も、こうした祖父、勇一郎の遺した遺産の中から賄われたに違いなかった。

大学進学時、洸介は東京の私大を目指したが、父が反対して断念せざるを得なかった。

「金がないのだ。地元の大学で我慢しろ」

洸介は父にそう言われ、夢見ていた東京の大学への進学を断念し、地元の大学に進んだ。

市長選挙に敗れ、地方政界から引退した父のそれからの人生は、洸介の姉、美智子が言うように、死んだように静かだった。

朝トイレの中で、一時間にも及ぶ新聞読み。朝食後の散歩。これも時として、どこへ行っているのかは不明だが、三時間以上も帰ってこないこともあった。

午後は蒲団の中で、ほとんど眠っている。が、本当に眠っているのではなく、まどろんでいる状態だった。

　母と二人で居る時、突然そんな父がむっくりと起き上がり、奥の部屋の床間に掛けられた掛け軸の下に置かれた銃剣を取って食い入るように見入っていることが時々あったらしい。

　用があって母が声をかけると、父は返事もせず、抜かれた銃剣に見入っていたという。

　その時の父の人を寄せつけない鋭い目の輝きを母は嫌悪していた。

　母は父に一度、剣の由来を尋ねたことがあった。

「そんなことは、お前に言う必要はない」

　父はそう言い切った。

　松山空襲の前に、母は米や水、その他の食料品、衣類の外に、貴重と思われる記念の品の幾つかを、家屋に隣接する畑の隅に掘られた防空壕へ運び込んだ。

　後で母が洸介に告白したのだが、この時母は、父が銃剣を防空壕へ避難させることをすっかり忘却していることを承知していた。が、そのことを父に言わなかったという。

　母の心の中には、父がこだわる銃剣への憎しみがあったに違いない。それは父が言わなくてもそれが自分にとって、よからぬものと女の本能で感じ取っていたからに違いない。

　それにしても父、忠雄の葬儀は、彼の華やかだった地方政界での活躍のことを思えば、まことに寂しいものだった。

　新聞は地方紙さえもそのことを報じることもなく、現役の地方政界の有力者や、市長などが、父の葬儀に訪れることもなかった。

（もう俺の友達は皆逝ってしもうた。生き恥を晒しているのはもう、俺と横浜にいる岡山位なもんじゃ）

父の死の前年に洸介が松山を訪れた時、父はそんな言葉を吐いたが、父の葬儀に父の古い知人が唯一人として現れなかったのは、もう父の年代の人間が他界していなくなってしまっていたからに違いない。

歳月が経つということは、その人間の過去の小さな栄光さえも消し去っていくものだと洸介は、父の葬儀の時に感じたものだった。

父の旧制の中学時代の友人で、父の死後唯一人生き残った岡山淳平の名を洸介が父から聞いたのは、この時だった。何気なく聞いた岡山という名前は、不思議に洸介の耳に残った。

十数名の参加した内輪だけの父の一周忌の法要は、浄福寺本堂で、ひっそりと営まれた。

当時の寺の住職は、父と同年代の老僧で、洸介の祖父、勇一郎の時代に山口県からこの寺に入り、二代にわたって檀家総代を務めた増井家とは、ながい付き合いがあった。

忠雄には、元関東軍の参謀をつとめ、戦後シベリアに抑留されたが、間もなく帰還した勇太郎という長兄がいたが、帰国後まもなく病気で他界した。

増井家はこの兄でなく、薬局問屋を継いだ父の忠雄が二男ながらに継承したこともあって、増井家本家の墓もまた、父が面倒を見ることになったようである。

増井家の嫡子となった洸介も父の死後、僧侶から檀家総代になることを要望されたが、埼玉の地に在住していることを理由に固辞した。

本堂での老僧の読経による法要が終ったあと、母や姉の美智子夫婦等十数名の参列者は、墓場に出て、増井家本家の墓の前で、老僧の読経のうちに一人ひとりが焼香した。

今や没落したとは言え、その墓は、他の近くの墓と比べれば、広い場所を取り、威容を誇るという形容にふさわしい墓石が、天に向かってそびえていた。

墓を継承する洸介には、何かとてつもないものを肩に背負わされたような重い気持になった。

焼香が終ると、本堂に隣接する庫裏に一同が集まり、茶と菓子を前に、洸介が代表して参列者に御礼の言葉を述べた。

そこでは故人の父、忠雄の生前の思い出話などが話題になることもなく、参列者達は、思い思いに自分達の近況についてボソボソと語り合うことに終始した。

三々五々人々が帰っていく中で、洸介は妻の松子や母をその場に残し、一人墓場に出た。

増井明子の墓のことを思い出したからである。

明子の墓は囲いこそあるものの、少し傾きかけた古ぼけた墓石のままに、ひっそりと在った。墓石の前にいけられた花が枯れているのは、もうそこに随分ながく人が訪れていないことを示していた。

洸介は持参した花を入れ替え、用意した線香で焼香した。

ここにひとり葬られた明子という父の叔母が、父、忠雄とどういう因縁で結ばれ、あの銃剣が彼女から父の手に渡ったのか、洸介は知りたいと思った。

そこを解明すれば、明子の墓だけが、同じ増井家本家の墓と離されて、建てられている意味も分かるに違いない。

だがその手掛かりとなるものは、今のところなかった。

どうやら墓の前でながく佇んでいたようだ。

背後に足音のようなものが聞こえてきたので振り返ると、そこに衣をまとった老僧が立っていた。

「お参りご苦労様です」

老僧はそういうと、明子の墓の前に進み出て、念仏を唱えはじめた。

それからゆっくりと洸介の方を振り返り、

「お父さんも生前はよく、ここに来られましたよ」

そう言って洸介の方を見つめてきた。

丸い赤ら顔の老僧は八十歳を過ぎた年歳には見えない程、若々しかった。

「そうですか」

「亡くなられる寸前まで、一週間に一度位の割でここに散歩の途中寄られ、お参りのあとも、ずっと佇んでおられました」

「そんなにここへ？」

「そうですよ。今になって思い起こすのは、三年も前のことでしょうか、夏の雨の日、お父さんは、この墓の前で濡れねずみになりながらも、墓石を抱きしめておられました。私が近づいて傘を差しかけてあげますと、静かに私の方を振り向きました。その目には涙が浮かんでおられました」

「……」

「あんなに強くて気丈な方が、何故泣くのか、生前の強いお父さんを知っていただけに、私は驚きました」

「叔母の明子さんと父の間に何があったのか、和尚さんご存知ならば、教えて頂きたいのですが」

「はい、残念ながら私は昭和に入ってからこの寺に入ったので、何も存じてはおりません。唯、このお父さんの叔母に当たる明子さんが、若くして未婚で他界されたにも拘らず、何故、この墓に一人葬られたのか、お父さんに尋ねたことはありました」

「それで？」

「明子さんという方に不祥事があって、親御さんの怒りを買い、明子さんが亡くなってからも増井家の墓に入れることはまかりならんということで、こちらに新しい墓を作り、ひとり葬られた、ということでした」

「不祥事？」

「はい、その不祥事の内容については、お父さんは何も語ろうとはなさいませんでした。私も深くお聞きするのも失礼にあたると思い、そのままになってしまいました」

「そういうことだったんですか」

洸介にはこの時、雨に濡れてこの墓石を抱きしめる父、忠雄の姿は、到底想像できなかった。

何故父は、死ぬ間際まで、叔母の明子にこだわったのか、そして明子から預った銃剣に、何の意味があるのか、知りたいと思った。

特に明子が死んでから百年後に、その銃剣をこの墓に還す約束を父にしていた。それだけに、その真相は何としても知らねばならないと思った。

真相は、その翌年の夏、父の親友、岡山淳平との偶然の出会いによって、明らかになった。

昭和四十九年三十九歳で会社員から私立高校の教員に転じた洸介は、父の一周忌を終えた翌年の夏、広島市で行われた教育研修会に、高校を代表して参加した。

二日間の研修を終えたあと、その日のうちに故郷松山に足をのばした。

当時広島の宇品港からは松山行きの水中翼船が就航していて、確か松山港まで一時間余りで到着したと記憶している。

姉夫婦と同居している母親を訪ねたあと、洸介は、ひとり浄福寺に赴き、増井本家の墓に参拝した。

浄福寺の老僧を訪ねると、風邪を引き寝ていると言うので、夫人の案内で母屋に上がり込み、老僧を見舞った。一年前に会った時は、顔の色艶もよく元気そうだったのに、このとき見た老僧は、薄闇の中で蒼白い顔を洸介の方に向け、

「よくおいでなさいました。御信心なことで……」

と、よわよわしい表情には似合わぬはっきりした声で言った。

老僧には既に仏教大学を出て地元で中学校の教師をしている長男がいたので、後継者に心配はなかった。が、この時老僧は洸介に向かって、未熟ですが、せがれのことをよろしく頼みます、というようなことを言った。

この時既に自分の寿命を知っているような口振りだった。

話すのがいかにも億劫な様子で、時々荒い息を吐く老僧の様子を見て、洸介は、

「大事になさってください」

そう言って立ち上がった時、呼び止められた。

「今思い出したことなんですが、お宅に法事でお邪魔した時、お酒を頂いたことがありました。その時お父さんと慈悲について語り合ったことがあるんです」

「ほう、慈悲についてですか……」

「その時、お父さんが言われたんです」

洸介が再び座り直したところで老僧は息を整え、再び語り始めた。

「その時お父さんは私に向かって、自分はよこしまな世俗の愛に生涯悩み続けたというようなことをおっしゃいました。あの気性の激しい方の言葉とは到底思えないものでした。で、次の言葉を待っていたんですが、結局言葉は返ってきませんでした。でもね、私はピーンときたんです」

「ピーンと？」

「そうです。ピーンと。お話したと思いますが、私は雨の日、明子さんのお墓に抱きついて泣かれていたお父さんの姿が、その時頭に浮かんできたんです」

「どういうことでしょうか？」

「明子さんとお父さんの間には、何か言うに言えないつながりがあったんでしょうね。でもね、私が知っているのは、それだけのことですから……それでも増井家の総領のあなたには、知る限りのことをお話しておきたいと思いましてね」

そう言うと老僧は静かに目を閉じた。

老僧の夫人に送られて洸介は母屋を出たあと増井家本家の墓に参拝した。

墓地の一帯は新旧、大小、様々なかたちをした墓が、遠慮なくふりそそぐ太陽のもとで、輝き、一つ一つの墓がまるで隊列を組んだ兵士のように洸介の目には映った。

本家の墓の参拝を終えたあと洸介は、明子の墓の方に向かいながら、たった今老僧から聞いた話が頭に浮かんだ。

父が亡くなる一年前の雨の日、明子さんの墓石に抱きつき泣いていたという話は既に聞いていたが、洸介は半信半疑だった。というのも、気性の激しい父の生前の生活振りの中で、そんなことは到底信じられないことだった。が、この日改めて老僧からその話を聞くと、やはり、父と父の叔母明子の間には、並々ならぬ因縁があったということが、本当のことのように思えてきたのだった。

明子の墓の前まで来た時、洸介は、墓石の前で手を合わせ佇む男の姿を認めた。

真っ白い頭髪と憔悴した雰囲気から、丸まった背中を見せる男は、かなりの老齢の人のように見えた。

洸介はしばらくそこに佇み、男が参拝を終えるのを待った。男は墓に向かって微動だにしない。その落ち着きのある姿勢から、洸介には男が、並々ならぬ一途な老人と映った。

やがて男はゆっくりと立ち上がり、洸介の立っている方向に顔を向け洸介を認めると、挨拶もなく、彼を見つめてきた。

その眼光は、背丈の低い貧相にさえ見える老人のものとは思えないほど、鋭く、洸介がたじろぐほどだった。

「あなたタダちゃんの倅かな」

先に声をかけてきたのは老人の方だった。

——タダちゃん？　そうか、タダちゃんというのは父の忠雄のことではないか——

洸介は咄嗟にそう直感した。

「はい、増井忠雄の息子の洸介です。失礼ですがどちら様ですか？」

「ああ、やはりそうだったか、よく似てる。俺は忠雄君の友人で岡山淳平という者だ」

「えっ、父の友人？」

「そう、生涯の友人と言ってもいい。忠雄君とは幼馴染みで、小学校から旧制の松山中学校の時まで、ずっと一緒じゃった。進む道は途中で分かれたが、それでもお互いずっと近年まで心の支えじゃった」

「……」

「死んだなら死んだと知らせてくれんと……」

そう言うと、老人は言葉を詰まらせ、ズボンのポケットからハンカチを取り出すと、吹き出してきた汗を拭った。

洸介は岡山淳平の名を生前の父の口から聞いたようにも思えたが、そうでないようにも思えた。母親からも岡山氏の名前は聞いていない。

「忠雄君が亡くなったのは、もう二年も前のことだったそうじゃないか」

「はい、老衰でした」

「知っていたら線香の一本もあげに来たんじゃが……。このところ連絡がないんで心配しとったんじゃー」

「どちらにお住まいなんですか？」

「横浜じゃよ……。俺も数年前に軽い脳梗塞を起こして入院しとったんで、その頃からお互いの連絡が途絶えとった」

「そうだったんですか、立ち話もなんですから、向こうの方に参りましょう」

洸介が岡山を促すと、彼はもう一度明子の墓の方に向き直り、手を合わせ、念仏を唱えた。

「明子さんを御承知ですか？」

老人が向き直ったので洸介は聞いてみた。

「知っていますよ」

岡山老人はこともなげに答えた。そして、

「元気だった明子さんを知っているのは、もう俺位のものかなー」

と遠くに目を泳がすようにして言った。

その横顔を見て洸介は、久し振りに明治の男を見たように思えた。

「父は叔母の明子さんを慕っていたんでしょうか？」

「慕うなんてもんじゃなかったよ」

「と言うと？」

「愛しとったと言う方がより真実に近いように思うね」

「えっ、叔母と甥の関係ですよ」

「そうだ。でもな、人間の心というのは、時として、どうにもならんこともあるんじゃよ。君のお母さんには悪いが、忠雄君の心の中には、死ぬまで明子さんがずっと居座り続けていたんじゃよ」

そんなことがあるはずがない。父は生前そんなことは、おくびにも出さなかった。が、老僧から聞いた墓場での雨の日の父の振る舞いのことを思えば、岡山老人の言葉が真実味を持って迫ってくる。

それに洸介は、父から銃剣を預っていた。その銃剣を明子の死から百年後に墓に還す約束をしている。その父の遺言の謎も、まだ不明のままだった。

老僧の妻女の許可を得て洸介は、岡山老人を寺の本堂に案内した。

「今、一番涼しい場所は本堂ですから、あそこを使って下さい。今日はもう法事もありませんので……」

妻女の言う通り、岡山を誘って石段を上がって本堂の阿弥陀如来像の前まで来ると、冷気が押し寄せて、本堂は想像以上に涼しかった。

岡山老人は如来像の前に座ると、姿勢を正し、経を唱えはじめた。背筋をぴんと張った小柄な老人は、この時に限っては、若者の様な張りがあった。

洸介もまた老人に見習って後方に座り、しばらく老人が唱える経と念仏を聞いていた。

岡山淳平と名乗る父の友人は何者か、見当もつかない。少なくとも僧侶には見えないが、洸介が聞いてもその張りのある、経文を唱える声は確かなもののように思えた。

「僕はね、哲学者なんですよ。仏教の方も少しばかり勉強しましてね、今唱えた般若心経も研究の対象でした」

傍らの横長のテーブルで向かい合ったとき、岡山老人は、自らの身分を明かした。

それによると、彼は旧制の松山中学から旧制高校に進み、京都大学で哲学を専攻、以来学者の道を進んだ。

最後は横浜の大学の教授を退職後、その地に住み、そこを基点として、全国の旅巡りをしているという。近年脳梗塞を起こしてからは、旅巡りも中断、家にこもりがちな生活を送っているということだった。

「忠雄君とは彼が中学校二年生を終えたあと、家業の薬問屋を継ぐため大阪の薬学校へ転校するまでずっと一緒だった。道は分かれたけれど、その後もずっと付き合ってきたんですよ」

老人はそう言って優しい顔を洸介の方に向けてきた。

「父はどうしてあなた様と親友としてのつながりが出来たのでしょうか？」

「そうだな、忠雄君とは尋常小学校の時から一緒だったけれど、やはり小学校五年生、六年生だったときのあの二年間の中での出来事と、その後彼が大阪の薬学校に進学するまでの中学時代の二年間の苦難の生活の中で、お互いを励まし合ってきた中で育まれたものだと思うね」

「どんな時代だったんですか？」

「小学校での二年間というのは、明治三十七年と三十八年に当たり、日露戦争の時代だった」

「ああそうでしたか」

「忠雄君が明子さんを慕うようになったのは、あの戦争があったからでしょう」

そう言うと岡山老人は、遠くを見つめるような目で天井の一角を見入った。

洸介は、はやる心を押さえ、老人の言葉を待った。

以下岡山淳平が洸介に語った話というのは、父の忠雄が、親友の岡山淳平に総てを告白した話の内容だった。

（二）

増井忠雄が尋常小学校五年生、数えの十二歳の時、明治三十七年二月、日本とロシア両国は、領土問題を巡る交渉が決裂し、互いに宣戦を布告し、日露戦争が始まった。

日本は、ロシアの満洲占領に反対するイギリス、アメリカ両国の支持をはじめ、ロシア国内の混乱などもあって戦局を有利に展開した。

開戦の翌年初めには、多くの犠牲をはらってロシアの根拠地旅順を陥落させ、ついで奉天を占領した。同年五月の日本海海戦によって、日本の軍事上の勝利は、ほぼ決定した。

この戦争の過程に於いて多くのロシア人捕虜が日本の各収容所に送られ、戦争中の捕虜の人数は凡そ七万二千人にも達したという。（『松山捕虜収容所日記』Ｆ・クプチンスキー著、中央公論社より）

その捕虜達は、開戦後順次日本各地にある捕虜収容所に送られた。

松山に、最初の捕虜収容所が開設されたのは、開戦後間もない明治三十七年三月十八日のことで、全国で初めての収容所として捕虜を迎えた。（『マツヤマの記憶』松山大学編・成文社）

増井明子は日本赤十字救護班の一員としてこの時負傷したロシア人捕虜の看護に当たっている。まだ十八歳の時である。

明子は尋常小学校卒業後、地元の女学校に入学したのだが、間もなく退学、大阪にある看護婦養成所に入り従軍看護婦の道を選んだ。

彼女がそこに至るまでには、増井家の父親はじめ全員が、彼女の看護婦志望に反対したが、彼女の意志は固く、結局最後は明子の兄の勇一郎（忠雄の父親）の父親への説得もあって、彼女の意志は実現した。

当時旧家の増井家では、娘の明子には、女学校を無事卒業させ、嫁入り修業のあとは、同じ程度の家柄の男子に嫁がせたかったに違いない。

そうした増井家の希望を、明子は十分承知していたはずだった。しかし、彼女は早くから従軍看護婦になることを夢見ており、頑なだった。

定められた道をそのまま親の言うままに進むことへの抵抗もあったのだろう。

日露の開戦が始まって間もなく、明子は大阪の訓練所から松山捕虜収容所に看護婦として派遣された。明子にとっては、故郷への帰還であった。

従軍看護婦と言っても当時は、戦地への看護婦の派遣ではなく、日本赤十字社救護班の一員として彼女達は、内地の戦傷者や捕虜の救護に当たった。

明子が故郷である松山の捕虜収容所に派遣された経緯ははっきりしないが、そのことが、結果として彼女の人生を悲劇的な方向に導くことになった。

洸介の父、増井忠雄が、叔母の明子の存在をはっきり意識するようになったのは、明子が日赤の看護婦として松山に帰ってきてからである。

当時忠雄は数え年の十二歳、市内にある小学校の五年生だった。

黒っぽい制服にコック長がかぶるような円筒形の看護婦帽子をかぶった明子に遭遇したとき、忠雄はその颯爽とした長身の叔母の姿に動悸を覚えた。

あれは明子が実家に挨拶に現れた時だったろうか。彼女は忠雄の姿を認めると近づいてくるなり、

「まあ、ちょっと見ない間に随分大きくなったわねー」

そう言って優しい眼差しで声をかけてきた。

「タダちゃんは小さい時、私に抱かれていつも眠ったのよ」

明子の悪戯ぽい顔に見つめられた時、忠雄は羞恥を覚えた。

「でも今は抱くわけにもいかないわね」

そんなとき忠雄はただうつむいて、黙っているしかなかった。

明子に抱かれたという記憶はない。それでも明子がまだ大阪の看護婦訓練所へ行く前、彼女が女学校に通っている時、忠雄が住んでいる薬局の店に連結する母屋から庭を隔てた離れに、明子は隠居の祖父夫婦と三人で住んでいた。

その頃、女学生の制服姿の明子を時々見かけたが何故か、母屋との行き来が少なく、子供の頃と違っ

て、明子が忠雄の前に姿を現すことは余りなかった。

むしろ明子と忠雄の交流は、明子が看護婦として松山に帰ってきた時からの方が頻繁だった。

明子の松山で勤務する大林寺捕虜収容所は、寺院、公共施設、民間建物など二十一に及ぶ松山の収容施設の中で最初に開設された収容所だった。

大林寺捕虜収容所は、開戦時の負傷したロシア兵捕虜のステレグシチー号の水兵達三名を受け入れたのを皮切りに、負傷した海軍の士官など多数を受け入れた。負傷兵の収容所としてここがバラックの仮設病院が出来るまで、第二病舎として使われた。


明子が看護婦として勤務したのは、この施設だった。

明子がここに勤務するようになったのは、開戦から半年後の夏のことで、既に三月に結成された救護班の補充だったように思われる。

彼女は実家には帰らず、市内城北の堀端通りに面した寮に他の同僚の看護婦達と寄宿していた。

忠雄は母親に連れられて何度かその寮を訪ねたが、母親の明子への用件が何であったのか、承知してはいなかった。

新設の寮の庭で、母親は明子と語り合っていたが、あれは忠雄の父、勇一郎が、妹の明子のことをおもんばかって、母をよこしたものと、後になって知った。

増井家では明子に、看護婦をやめて家に帰らせ、良縁を得て嫁がせたいとする思惑もあったようである。

何度目かに忠雄がその寮を訪れた時、明子が忠雄のために一冊の本を用意してくれていた。本の題名は『十五少年漂流記』。

「この本を読んで、私に感想をきかせてね」

と手渡された本の表紙には、海の孤島の絵が描かれていた。

「有難う」

と言うと、明子は、

「どう致しまして」

そう言って、ニッコリと微笑んだ。

この時明子は看護婦姿でなかったが、その穏やかな微笑みが、忠雄にはひどくなやましく思えた。

『十五少年漂流記』を忠雄はむさぼるように読んだ。船が沈没し、海に投げ出された十五人の少年達がいかだで無人島に漂流し、きびしい環境の中で生き抜くストーリーは、忠雄には新しい未知の世界に生きる希望を湧き立たせてくれた。

読後の感想を明子に述べた記憶はあるのだが、彼女にどんな風に語ったのか思い出せない。感想を述べたあと明子が言った一言だけは、はっきり覚えている。

「この本を読んで未来に夢が湧いてくればいいのよ」

そう、夢は湧いてくればいい。でも、この時の明子自身が描いていた夢は、何だったのだろうか。

（三）

明治三十八年一月一日、ロシアの要塞旅順が陥落した。

その戦勝を祝って松山の市内も旗行列で賑わった。

――日本勝った。日本勝った。ロシア負けた。ロシアが負けたらえーじゃないか――

街路で遊んでいる少年達も、そんな言葉を拍子に合わせて口ずさんでいた。

日本中が浮かれていた。

松山の街は、戦場から順次送られてくるロシア人の捕虜達が目立つようになってきた。勿論彼等は収容所内での生活が基本ではあったが、それなりの自由が許されていた。

監視付きではあったが、収容所を出て近くの市街地は勿論、道後温泉に入浴したり、海水浴に出かけたりすることができた。

特に将校は下士卒《かしそつ》に比べれば、かなりの自由が許されていた。そして戦争末期には、市内に借家を借りる上級将校さえ現れた。

明治三十八年三月、捕虜将校を対象に自由散歩制度が全国規模で導入された。

こうした捕虜の自由と人権に時の政府が寛大であったのは、捕虜の取扱いを規定する国際法、ハーグ条約の順守によって、懸案の不平等条約の改正と、日本の国際的な地位の向上をはかるねらいが背景にあったことは否めない。

ともかくも松山には捕虜がいっぱいやってきた。

松山に収容された捕虜の人数は、松山捕虜収容所日記（『ロシア将校の見た明治日本』F・クプチンスキー・中央公論社）によると、明治三十八年十一月現在、二千百六十三名となっているが、開戦から講和条約の締結まで出入りした人数は、三千人とも一万人とも言われている。

当時の松山は捕虜景気に湧き、捕虜であふれていたことになる。

旅順陥落後、明子は殆ど実家に帰ってこなかった。

多くの負傷した捕虜達を迎え、実家に帰る暇さえもなかったに違いない。

二月末の寒い日だった。夜寝床でうたた寝をしている時、母に起こされた。

「お前悪いけど、これを堀端の寮の明子さんに届けてくれんけ」

母が差し出したのは、忠雄が抱え込まなければならない程大きな風呂敷包みだった。手に取るとさほどの重さではない。

「着換えが主じゃけん重くはないと思うが、大丈夫け」

忠雄は大きく頷き、それを抱え込むと、オーバーを着込んで家を出た。

寒風が吹いていたが、忠雄には寒さは余り感じられなかった。

久し振りに明子に会える。

その喜びがあったからかもしれない。

通りから見える堀は、蓮が水面いっぱいに浮いていたが、その間の水は街灯に照らされて白く凍結して見えた。

寮に入り門の呼鈴を押すと、すぐに奥から明子が出てきて、彼を小さな個室に導いた。

「こんなに遅く、よく来てくれたね。お礼を言います」

風呂敷包みを受け取ると、明子は事前に用意していたのか、ビスケットやチョコレートの入った菓子の袋を忠雄に渡し、傍らの椅子に座るように言った。

この時の明子は看護婦の服装ではなく、白っぽいセーター姿だった。忠雄には明子の姿が何か物語の中に出てくる天使のように見えた。

明子は最初忠雄の学校生活などについて尋ねていたが、やがて悪戯ぽい顔で彼を見つめてきた。

「忠雄君、好きな人いるの?」

思いがけない質問だった。

まだ十二歳の忠雄は、どう答えていいか分からなかった。

「そうよね、いきなりそんなことを言われても、答えようがないわね」

明子はそう言って、何か低い天井の一点を見つめ、一瞬だが、物思いに沈んだような表情になった。が、やがて忠雄の方を振り返り、

「好きな人が出来たらね、迷わずその人と一緒になるのよ」

そんなことを言われてもそれは無理だ、とこの時忠雄は思った。今、一番誰が好きだと言われたら、ちゅうちょなく、明子叔母さん、と答えるに違いない。

そんなことを言えるはずがない。

忠雄が苦しそうな表情をしているかと分かったのか、明子は表情を崩し、

「変なこと聞いてごめんね」

そう言って微笑んだ。

明子は忠雄を西堀端の交差点のところまで見送ってくれた。

何故か明子はこの時、忠雄の目にも沈んで見えた。

もう十時を回っていて、通る人影もなく、薄闇の中で、堀端の凍った風景は忠雄の目にも硬直して見えた。

別れる間際になって、忠雄は明子の目が潤んでいることに気づいた。と、突然その瞳から大粒の涙があふれ、アー、と言ってうずくまった。次の瞬間、明子は忠雄に近づくや、彼の身体を抱きしめてきた。

唐突な明子の振る舞いに忠雄は一瞬驚がくしたが、やがて抱き込まれたまま、その暖かい明子の身体の温もりに身をまかせた。

その夜忠雄は帰宅後寝床に入ってからも、なかなか眠れなかった。

明子に抱かれた時の甘味な感覚が、まだ身体の中に残っていた。

――明子はあの時突然全身が崩れ、忠雄を抱きしめてきた。考えられない振る舞いだった。明子の中で何かが起こっている――

子供心にもそのことは分かった。

明子の張り詰めた感情が、突然噴き出した。そんな感じがした。そしてその感情の向かうところに

たまたま忠雄がいた。

明子の抱擁は息が詰まる程強く、ながく感じられた。

「ゴメンネ。今のこと誰にも言わないでね」

忠雄の身体を離す時、明子は忠雄の耳元で囁くように言った。

忠雄は何度も頷き、怒ったような顔で明子から離れた。そしてさよならの声もかけないまま、家に向かって走った。

家に帰ってからも動悸はなかなか収まらなかった。

「明ちゃん、どうしてた？　元気そうだった？」

母の問いかけにも返事をせず、早々に二階の自分の部屋に入って蒲団にもぐり込んだ。


三月十六日、旅順陥落に次いで日本軍は総攻撃によってロシア軍を撃滅。奉天を占領した。松山市内では旅順陥落の時と同じように旗行列で賑わった。

――日本勝った。日本勝った。ロシア負けた。ロシアが負けたらえーじゃないか――

子供たちの歌声が街にこだまし、市街地の誰もが戦勝を喜んだ。戦争を祝うその敵国で、捕虜となったロシア将兵は、自軍の戦死者のため、各収容所で招魂祭を行った。

大林寺収容所に於いても、ロシア海軍の負傷した将兵達は、招魂祭を行い、死者の霊を弔った。

看護婦達の何人かもその招魂祭に参加したのだが、明子もその儀式に最後まで参列し、将兵たちを感動させたというニュースが忠雄の耳にも伝わってきた。

「ロスケの看護や世話をしくさって、明子の奴、大丈夫かな」

忠雄の祖父で当時既に隠居していた常助は、明子の勤務を危ぶんだ。彼は明子の看護婦志望には最後まで反対し、息子の勇一郎の説得で、ようやく許可したものの、一日も早く明子が家に帰ってくることを望んでいた。

そして常助の危惧は、当時、大林寺の住職をしていた常助の友人からの情報で現実のものとなった。

大林寺の住職と常助は、碁を打つ仲間で、住職は時々、忠雄の家の常助夫婦が住む離れ家に来て、常助と碁を打つことがあった。

「あなた、そろそろ明子さんを家に引き取って、花嫁修業させた方がよろしんじゃないですか？」

ある日碁を打ちながら、住職はそんな風に常助に話しかけてきた。普段他人の私生活に余計な口を挟むことのない住職の言葉に、常助は疑惑を抱き、住職にその真意を確かめたところ、大林寺収容所に於ける明子の生活振りが、語られることになった。

明子は新任の看護婦として、その働き振りは抜群で、上司ばかりでなく、捕虜達からも絶大な信頼を寄せられていた。

だが最近になって、一人の捕虜の海軍士官と、必要以上に親しい関係になっているという噂が、他の看護婦仲間から住職の耳に入ってきた。

「私の耳に入るということは、かなりの噂になっているということですよ。私もあなたの娘さんだから気になって調べてみたんだが、捕虜の将校と明子さんが、捕虜達が、道後温泉に行った自由時間に、公園でキスをしとったというんですよ」

「それは本当ですか」

「これは人が噂していることで、まだはっきりはしていませんが、それにしてもあなた、用心した方がええ」

「それで相手の海軍士官というのは、どういう男なんですか？」

「ああそのことは、調べてきたのでお話しときましょう」

住職は、懐から小さな紙切れを取り出し、男の名前を読み上げた。

「男の名前はコンスタンチン・ダイルスキーという海軍の少尉だそうです」

「ほう」

「何でも大連の近海で、日本の水雷艇に乗船していた艦が沈められ、何とか救助されたのち、旅順で地上勤務についていた時に日本軍に降伏し、捕虜となったようです」

「年歳は？」

「二十四、五歳ということでした」

「随分詳しいんですな」

「ええ、私の所に時々遊びに来る看護婦がおりましてね、彼女の口から聞きだしたんですよ」

「……」

「それがですね、このダイルスキーという男、なかなかの男前で、看護婦達の間でも評判なんですよ。日本軍との海上の戦闘で、大腿部に貫通の負傷を負い、今も治療中なんですが、だいぶ良くなったので、近く市内の他の収容所に移る予定になっているそうです」

住職の話は常助を動揺させた。

――何てことだ。だから言わんこっちゃない。ロスケの捕虜と何か間違いを犯したら、どういうことになるか。世間に顔向け出来ることではない――

この時常助は、娘の明子を説得し看護婦業務をやめさせ連れ戻すことを決意した。

常助との碁盤での勝負を制した上機嫌の住職を、常助が離れの隠居家の玄関まで見送った時、住職は振り向き様、常助を見据えて言った。

「常さん、念のために言っとくけど、これはあくまでも私が看護婦達から聞いた噂話じゃから、明子さん本人によく確認して、早まった判断をしないように、くれぐれも言っときますよ。それに……」

と言いかけて、住職は次の言葉をちょっと言いよどんだ。

「和尚さん、何でも言ってつかあーさい。私とあんたの仲じゃないか」

「分かった。あんたには全部話すことにするよ」

住職はそう言って玄関わきの椅子に座り込んで、話しはじめた。

住職の語るところによると、明子と噂のあるダイルスキーという男は、まだ若いのに、なかなか気骨のある男だった。

二月に松山の収容所で、軍刀領置事件というのが起こった。この時のダイルスキーの行為が、のちのち問題になった。

旅順で投降した捕虜には、「旅順開城規約」によって帯剣が認められたが、捕虜の一般的な取扱いとして帯剣を許すことは出来ず、軍刀領置となった。

松山の公会堂収容所では捕虜が領置に抵抗していたが、同所監督将校の吉松正幹大尉の説得により領置が平和的に実現した。(『マツヤマの記憶』松山大学編・成文社)

この軍刀領置事件では、大林寺収容所に於いても、数名の海軍士官の抵抗があった。その先頭に立ったのがダイルスキーだった。

彼は捕虜になった後も、軍刀と銃剣を保持していたが、領置の当局の決定により、預りとなった。

この時領置に来た士官に対し、ダイルスキーは、進み出て、

「この刀と剣は、私の命だ。皇帝陛下の下で戦った戦士にとって、それを取り上げられるのは、耐えられない。もしこれを預るというのなら、私の命と引き換えにしてほしい」

と言ったという。

領置命令を受けた日本の士官は困惑し、ながい時間をかけて彼を説得したが応じない。

この時ダイルスキーの説得に当たった士官は一計を案じ、噂の看護婦明子を呼び出し、ダイルスキーに領置に同意するよう説得させた。

明子はこれに応じ、個室で二人だけで話す時間を持った。

部屋から二時間余りも出てこなかったが、やがてダイルスキーは待ち構えていた士官の前に進み出て、日本語で、「ワタシノイノチ、アズケマス」と言って、領置に同意した。

明子とダイルスキーの間に、何が話し合われたかは定かではない。

明子はロシア語が堪能というわけではないが、日頃よりロシア語を勉強していた成果が、ここで実

を結んだとも言える。が同時に、そのことは、ダイルスキーと明子の間を、より近付けさせる結果になったことは、否めない。

のちにこの時のことを明子は、女学校時代のたった一人の親友に話していた。その話は明子の死後、忠雄の耳にも入ってきた。

あの時個室に入った明子は、ダイルスキーに刀と銃剣の領置に応じるように説得したという。明子の説得にも拘らず、ダイルスキーは、「剣は私の命だ」と言って応じなかった。

「日本とロシアのために、……私もあなたに命を捧げます。だからあなたも、私に命を下さい」

明子がそう言うと、ダイルスキーは穴のあくほど明子をみつめてきた。そして、

「君の命は俺が預かる。その代わり領置に応じることにする」

そう言って領置に同意した、というのである。

この時期、明子とダイルスキーの恋愛関係がどの程度に進展していたのかは不明である。が、常助には親の直感として、既に二人の関係が抜き差しならぬ状態と推測し、もう手遅れかもしれないが、とにかく急がなければならぬと思った。

三月末になって明子が休暇で実家に帰ってきた。休暇と言っても僅かに二泊の外泊を許されるだけの短いものだった。

この機会を明子の父、常助は待ち構えていた。

この時の状況を忠雄は父の勇一郎と母との会話の中で聞いた。

明子は離れ家の個室に呼ばれ、常助夫婦と兄の勇一郎から、ダイルスキーとの関係についてきびしく詰問された。

明子は父の言葉を黙って聞いていたが、やがて顔を上げると、

「私はお父さんが心配するようなみだらな行為はしておりません。唯、ダイルスキーとは結婚を前提にお付き合いをいていることは事実です」

と、はっきりと言った。

そしてダイルスキーという海軍士官が、戦争を憎む平和主義者で、日露の平和のために努めたいと語ったこと、そして講和が成立すれば、父の常助のところにも挨拶に来たいと申し出ていることなどを述べ立てた。

常助はもう我慢の限界に達していた。が、感情が高ぶって、娘の抗弁への言葉が見つからず、やたら怒鳴り立てた。

「捕虜のロスケと結婚するなど、許さん。ロスケは敵だぞ。敵と結婚する馬鹿な奴がいるか。世間様に申し開きが立たん。大陸で戦って戦死した遺族の人が何というか、分かっとるのか」

常助には世間の噂が正義だった。彼は江戸時代から幕府公認の質屋を営み、名字帯刀を許された古い家柄の増井家に誇りを持っていた。娘の明子が捕虜のロシア士官と結婚するなどということは、許されることではなかった。

「とにかく看護婦をやめて、さっさと家に帰ってこい」

「いいえ、帰りません。私は自分が選んだ道を進みます。お父さんの言うことは分かりますが、この

ことだけは、絶対に譲れません」

明子は頑として拒んだ。

「分かった。俺の言うことをきかん娘は勘当だ。さっさと家を出ていけ」

怒鳴り散らす父を兄の勇一郎がなだめ、明子にとにかく常助に謝るように促すと、明子は、

「えらそうな口のきき方をして済みませんでした」

と言って常助に頭を下げた。

こうしてその場は何とか収まったものの、明子は話し合いのあった日の翌日の朝、家を出てそのまま帰ってこなかった。

忠雄がその日の朝学校に行くため家を出て、城山の登山口のところに差しかかった時、背後から彼を呼ぶ声がした。立ち止まって振り返ると、そこに明子が立っていた。

「忠雄ちゃん、私は黙って家を出るけれど、心配しないように皆に言っといてね」

そう言って優しく微笑んだ。

「オネーチャン、どこへ行くの?」

「うん、自分の道を行くのよ」

「自分の道って、看護婦を続けるということ?」

「うん、それもあるけどね……、私ね、恋をしちゃったのよ……」

この時、明子が何故そんなことを言ったのか、数えの十三歳になったばかりの忠雄には分からない。

唯、恋という言葉が、みだらで甘い響きとして聞こえてきた。

明子がロスケと付き合っているという話は事前に父と母の会話の中から聞いていた。ひどくがっかりした気持になった。忠雄にとって明子は天使だった。過日の夜抱きしめられた時の甘味な感覚がまだ彼の体の中に残っていた。

明子のことを叔母であるという意識はほとんどなかった。明子のことを（オネーチャン）と呼ぶのは、この時数えの二十歳だった明子であってみれば、ごく自然な呼び方だった。

そんな明子がロスケとただならぬ関係にあるという話は、忠雄には十分理解できなかった。

（恋って、ロスケの男とのこと？）

そう聞いてみたい。

だが、忠雄にはそんなことは言えない。

「忠雄ちゃんも大きくなったら分かるけど、恋って、人生で一番素敵なことなのよ。だから私が恋をすることを悪く言わないでね」

明子は一方的にそう言うと、忠雄の所から離れていった。

このとき城山から鳴り響く時を告げるサイレンの音が、忠雄の気持を重くした。

その後、大林寺の住職から常助に伝えられる情報によれば、明子と噂のあるダイルスキーという士官は、数名の他の士官共々、通称バラック病舎と呼ばれる城北収容所へ移されることになった。

ダイルスキーの戦闘で負った大腿部の傷は、この時期ほとんど完治していたが、念のために新しい施設で最後の治療をしたのち、彼の身柄は更に名古屋の収容所に移されることになっていた。

こうした処置が、ダイルスキーと明子とのうわさを聞きつけた収容所当局の意図によるものかどうかは不明だが、住職の語ったところによれば、多分にそのことが配慮されていたように思われる、ということだった。

が、こうした処置も結果から言うと遅きに失した感があった。

ダイルスキー達士官がバラック病舎に移る数日前に事件が起こった。

明治三十八年四月某日そのことは起こった。

その日は大林寺収容所はじめ数か所の遠足の日で、歩行困難な負傷兵を除く将校達は、伊予鉄道を利用して郡中町の彩浜館と砥部焼見学に出掛けた。捕虜達を現地で饗応したのは郡中町の有志や、砥部の製陶所の関係者達、つまり松山の市民だった。

伊予鉄道は捕虜将校のために、上等客車三両も連ねそれに協力した。

こうした捕虜への厚遇が、市民の同情と好意によるものであることはいうまでもないが、一方でそれを促進した国策であることも確かだった。

が、また一方で、日本の国内でも、この戦争によって、旅順陥落、奉天占領といった戦果の影で、多くの兵士が犠牲となった。

こうした兵士の遺族には、街にあふれる捕虜の姿を見かける時、複雑な気持がはたらいていたに違いない。

彼等の思いを背景にして一部の国粋主義者が、この街にも入り込んできていたようである。

ダイルスキーを短刀で襲ったのは、そうした輩の一人だった。

この日の午後、一行は製陶所での砥部焼の見学を終えたあと、出発前に一時間足らずの自由時間を持った。

その間、捕虜達は思い思いの時間を過ごした。久し振りの自由時間帯の中で、彼等はくつろいだ気持になったに違いない。

しかし、これは捕虜になった人間にしか分からない事だが、いくら厚遇されても、自由時間を与えられても、捕虜はあくまでも捕虜だった。彼らの気持の中には、ともすれば退屈さと、屈辱と、故国への郷愁の思いが、心の底に重く澱んでいたことは間違いない。

この遠足には、十名足らずの看護婦と一名の医者が参加していた。というのも、参加者の中に、かなりの負傷者がいたからである。

一行の中の一人に明子がいた。

自由時間帯の中で、明子とダイルスキーは、二人で畑の中の道を林のある方向に向かって歩いていた。

と突然、「ウワー」というような声が背後から上がった。

黒っぽい上下の服を着込んだ三十過ぎと思われるいかつい顔の男が、ダイルスキーに刃物を持って、斬りつけていた。

思わず明子は男の足にしがみつき、男はよろめいて転んだ。男は更に起き上がってダイルスキーに斬りかかろうとしたところで、騒ぎを聞きつけ駆けつけた警護の兵士に取り押さえられた。

ダイルスキーは背中を短刀で斬られたが、幸い傷は浅く、大事には至らなかった。現地での医師による治療のあと、彼は直ちに数名の看護婦に付き添われバラック病舎に送られた。

心ない国粋主義者の犯行であることがあとで知れた。

「君は、付き添わなくていい」

この時、明子は引率の責任者からきびしい声で叱責されたという。

この事件で明子は決定的な過ちを犯したというのではないが、こうした団体行動の中で捕虜と二人だけの行動をしたということで、上司からその後もきびしい指導を受けたばかりだけではなく、無期限の休暇を命じられた。

無期限の休暇を命じられるということは、クビの宣告に等しかった。

当局はダイルスキーと明子の噂を耳にしていたに違いない。だからいつかは二人を引き離そうと考えていた。そして、この事件は、そのきっかけとなった。

こうした刃傷沙汰があったにも拘らず、この事件は広く世間に報じられはしなかった。当局がこれを小さないさかいの域を出ないものとして意図的に処理したふしがあった。

いたずらにことを大きくして捕虜の扱いの不備を、外に知られることを恐れてのことであったろう。

こうした経緯は総て大林寺の住職から祖父の常助に伝えられた。だから忠雄の耳にも、それとなく入ってきていた。

（四）

実家に帰ってきた明子に対し、父の常助の怒りはまだ収まっていなかった。

「勘当した娘に会う必要はない」

そう言って自分の住む離れ家に、明子を入れることを拒んだ。

本心は優しく受け入れてやりたい心情だったのだろうが、彼はここで江戸から明治にかけて生きた男の意地と気骨を見せた。

止むを得ず兄の勇一郎が常助をなだめ、母屋の二階の奥の六畳間に明子を住まわせることで妥協がはかられた。

「お前がそう言うのなら仕方がない。が、俺は明子には一切関係ないからな」

勇一郎に向かって常助はそう言って、不快感をあらわにはしたが、内心は勇一郎の介在に、ほっとした心境だったに違いない。

それでも、明子を母屋の勇一郎に預けるに当たって、当面は家の外に明子を出さない、という条件を付けた。昔の言葉で言えば、蟄居とか閉居といった罰に等しい処置と言える。

明子は実家のその処置に従順に従い、部屋に閉じこもった。

収容所から帰ってきた明子は、まるで人が変ったように従順で無口になった。兄の勇一郎に言われた通り、家から外に出ることはおろか、一人部屋に閉じこもり、一階の忠雄達が集まる茶の間にさえも姿を現さなかった。

明子の部屋は北側にしか窓のない、昼でさえも薄暗い、陰気な部屋だった。

明子はその部屋に小さなテーブルを置き、一日中読書と思考に明け暮れていた。

食事のお膳を持って忠雄がそこへ行くと、明子は、本を読んでいるか、敷かれた蒲団にあお向けになって、天井の一点をぼんやりと見つめていることが多かった。

そんな明子と日々接触するのは、忠雄の母のミサと、忠雄だけである。勇一郎は、ほとんど二階へは行かない。

増井家では、明子とロシア人将校の恋愛沙汰が世間の評判になることを恐れていたが、知る人は知っているにしろ、さほどのスキャンダルとしての反響を聞くことはなかった。

というのも、世間の人々は戦争の連続した勝利に酔っていたし、いよいよ最後の日本海海戦の始まる前夜のことで、その行途を見つめているという状況の中にあったからではなかったろうか。

五月のある晴れた日曜日、忠雄はいつものように昼食のお膳を持って、二階の明子の部屋を訪れた。この時、明子は座って本を読んでいた。

明子がどんな本を読んでいるのか、凡その見当は付いている。難しい小説類が多く、樋口一葉の『にごりえ』とか森鴎外の『舞姫』とかいった文学書が、敷かれた蒲団の枕元に高く積み上げられているのを知っていたからである。

その時、明子が読んでいた本も『浮雲』というタイトルのものだった。

こうした文学書を読むことを若い頃から父の常助は明子に禁じていた。文学は堕落だというのが常助の信念だった。

禁ずればかえって明子は興味を覚え、常助に隠れて文学書に限らず多くの本を読んだという。そうした本の中にナイチンゲールの伝記があった。

クリミヤ戦争に際し多くの看護婦を率いて傷病兵の看護に当たり、(クリミヤの天使)とまで讃えられたナイチンゲールの行動力と慈愛の精神に感動し、彼女は従軍看護婦への道を志すようになったのである。

忠雄が明子のいる部屋へ入るのは、食事のお膳を持っていく時だけではない。学校の宿題で分からない個所があると、教科書や参考書などを持って、明子の部屋を訪れることもあった。

その日は晴れた日だった。

外は緑が萌え、五月の陽光が明るく繁る木々を淡く照らしていた。が、明子が居る部屋は、相変らず薄暗く、北の小さな窓から入る光が畳の上をうすく照らしていた。

忠雄が持参したお膳を卓上に置くと、明子は「何時も済みませんねー」と言って忠雄をねぎらった。

明子はいつも忠雄の前で食事をとり、それが終ってからも、彼を離さず、話し込むことが多かった。そんな時の話題というのは、やはり時節柄、戦争のことが中心で、あとは忠雄の学生生活や、将来の夢などが話題になった。

忠雄は、将来は士官学校へ入学し、軍人として日本のために戦いたいという夢を明子に語った。と、明子はそんな忠雄に向かって、思いがけないことを口にした。

「軍人だけが人の道じゃないわ。わたし、あなたには違う道を進んで欲しい。軍人は戦争になると、人殺しになるのよ。あなたには人殺しの仕事はさせたくないし、第一軍人には向いてないと思う」

思いがけない明子の言葉に忠雄は動揺した。当時男子の子供達の誰もが、陸海軍の将軍になることを夢見ていた。その夢に向かって進むことこそ男子の本懐と心得ていた。

それだけに明子の言葉は忠雄には予想外のものだった。

「違う道って分からない。僕はどうしたらいいの？　兄さんだって陸軍士官学校へ入って頑張っているし、僕だって……」

「兄さんは兄さん、あなたはあなたよ。増井家には今、薬局問屋の後継者が居ないのよ。あなたがお父さんの後継者になればいい。あなたが増井家を継承するのよ」

強い口調で言い切った。

忠雄は明子の強い視線にとらえられ、身動きが出来なかった。薬剤師になって父の勇一郎のあとを継ぐのはいかにもおっくうだった。だからこの時は、黙って明子の助言を聞き流した。

考えてみるとこの時期明子にとって唯一の話し相手は忠雄だけだった。

だから明子はまだ小学六年生だった忠雄を弟のように会話の中で諭したり励ましたりする一方で、時々大人の人間に向かう時のような話や質問をした。

明子の質問に忠雄は戸惑い、返事に窮するようなこともあった。

この日明子は、昼食のお膳を忠雄が部屋に運んだとき、唯一の北側の窓のところに立って外を眺めていた。その明子の憂いのある横顔は、忠雄の目にも何か思い詰めたいつになく深刻な表情に見えた。

明子は最初、忠雄が部屋に入ってきたのさえも気付かぬ程、何かの思考にとらわれていた。

「あら、来てくれたのね」

今、気付いたというような感じで、忠雄を認めると、明子はゆっくりと、いつものように、お膳の前に座り、忠雄と向かい合った。

が、すぐにお膳に手をつけることもなく、どこかうつろだった。

「タダちゃん、お願いがあるんだけれど、聞いてくれる」

その声は、明子が忠雄を一人前の男のように話しかけてくる時のそれだった。

「あなたにこんなことをさせるのは、心が痛むんだけど、私の味方になってくれそうな人は、今はあなたしかいないの。だからお願いね」

そう言われても、何を頼まれるのかは不明だった。だから忠雄は緊張した顔で、明子の方を見返した。

すると明子は立ち上がり、小さなタンスの上の小物入れの中から手紙らしきものを取り出して、忠雄の方に差し出した。そして、

「これを明日城北のバラック収容所のダイルスキーまで届けて欲しいの」

と言った。

ダイルスキーが暴漢に襲われ刺された時の背中の刺し傷は浅く、いずれ傷が完治したところで予定通り名古屋の収容所の方へ、他の仲間の何名かと移されることになっていた。

その気配をこの時既に明子は察知していたようである。だから明子はそれまでに何とかしてダイル

スキーに連絡がとりたかったに違いない。そして、その役割を結果として忠雄が担うことになった。

忠雄はこの時、明子が執着しているダイルスキーの存在を、両親の話の中で聞き、承知していた。明子がロスケの士官であるダイルスキーという男と親しい間柄になり、そのことが原因で彼女が看護の仕事をはずされ、実家に帰ってきたことも知っていた。

そのことによってまだ数えの十三歳になったばかりの忠雄の心にも、何かもやもやしたものがうずまいていた。

そのもやもやしたものの正体が何であるか、忠雄は、まだはっきりと認識はしていなかった。ともかく自分が最も親しみを感じている若き叔母が、あのロスケのような野蛮人と親しくしていることに不快感がつのっていたのだ。

特にダイルスキーという男には、憎しみのようなものさえも覚えていた。それが嫉妬であるという認識は忠雄にはなかったのだが、ともかくも明子がダイルスキーという男に連れていかれることを恐れていた。

その意味では、看護婦という職場を失ったとはいえ、明子がロスケの許を離れ実家に帰ってきたことは、忠雄にとっては、喜ぶべきことであったろう。

しかし今、明子は、忠雄が憎むダイルスキーに手紙を届けて欲しいという。

明らかに明子は、ダイルスキーというロスケとの縁を復活させたがっている。その意志が忠雄にも分かっていた。

断われればそれで済むことだった。

が、忠雄には、どうしても明子の願いを断わることができなかった。

(オネーチャンが望むことは、何でもしてやりたい)

ずっとそう思い続けてきた。

だから、たとえその依頼が自分の気持にそぐわないものであったとしても引き受けることにしたのである。

それにこの時期、明子は、少年の忠雄に大人である自分の胸のうちを打ち明けていた。

「あなたにこんなことを頼むからには、その訳を話さなければならないと思う。だから聞いてくれる?」

そう言われた時、忠雄は頷くしかなかった。明子が忠雄に、ダイルスキーと愛し合うようになった経緯をどんな風に語ったか、忠雄自身も、明確には覚えていない。が、明子がダイルスキーをどんなに強く愛していたか、そのことだけは伝わってきた。

「わたし、もう彼しかいないの」

そう言われた時、忠雄は哀しい気持になった。

——僕がいるじゃないか——

そう叫びたかった。

が、実際には、ただ黙って明子の言葉を聞いているだけだった。

——わたし、もう彼しかいないの——

そう語る明子の言葉は忠雄の心を重くしたが、それが今の明子の気持の大部分であることも、忠雄は子供ながらに察知した。

従軍看護婦である明子と、捕虜である海軍士官のダイルスキーが、どのように知り合い心を通わせるようになったのか、その経過は明らかではない。

捕虜収容所という狭いスペースの中で、二人がどんなことを語り合ったのか、それも分かりはしない。ただ明子はダイルスキーのことを平和主義者と言っていた。

軍刀領置事件の時、ダイルスキーは「刀は自分の命だ」と言って帯剣にこだわり、当局に抵抗した。そこから窺えることは、彼が生粋のロシア帝国の軍人であり愛国者であること。好戦的な持ち主であることなどである。

が、明子の言葉の中からは、そうしたイメージは湧いてこない。

ダイルスキーは軍人ではあるが、嫌戦主義者であり平和主義者であるというのだ。彼はもともとロシア帝国が日本と戦うことに反対だった。

軍隊というのは、戦うために存在するのではなく、戦いの抑止力として存在するものだという持論を持っていた。戦いの悲惨さをよく承知していた者にしか言えない言葉だった。

にも拘らず、ロシアは日本に宣戦を布告した。というのは、戦いが始まれば、日本などという小さな国は、あっという間に撃滅できるという甘い判断がその背景にあったからだろう。

ダイルスキーは、若い頃から日本という国についてよく勉強していて、この民族の天皇のもとに団結する力を評価していた。だから大戦が始まることを恐れていた。

でも軍人である彼は戦いが始まれば従軍せざるを得なかった。

（ロシアと日本は隣国として永久に仲よくすべきだ）

この言葉を明子はダイルスキーから何度も聞いた。

（戦争が終われば君をペテルブルクに連れていき、両親に紹介する。子供は五人つくり、男子は政治家に、女子は医者にする。俺は軍人をやめ牧場を経営する。幸い親が広大な土地を持つ地主であるので、その下地は出来ている。君は牧場の女主人になって、俺を支えてくれたら嬉しい……）

ダイルスキーは、そんな言葉を明子になげかけた。

そんな甘い夢を信じるわけじゃない。が、明子はダイルスキーをすっかり愛してしまっていた。だから、彼にはついていく。それしか道はなかった。

一時は、従軍看護婦として一生独身で過ごすつもりだった。自分の選んだ道に殉じるつもりだった。だから明子の前にダイルスキーが現れた時、彼女は悩んだ。

彼をとれば、看護婦への道は閉ざされる。さりとて看護婦の道を進めば、ダイルスキーとは別れなければならない。そうしたジレンマに陥った時、彼女は無意識のうちに恋の道を選んでいた。そして明子は看護婦の道をはずれ、ダイルスキーへの愛に生きることを決心した。

が、当局は今やダイルスキーを名古屋の収容所に移すことを決定し、一方で明子の看護活動を停止させた。そのことによって、二人の仲を裂き、ことを決着させようとしていた。

もはや猶予はならなかった。ここは非常手段を講じても、ダイルスキーを離してはならない。そのあせりが、今回の手紙を通じての連絡だった。そしてその使いとしての重大な役割を忠雄が引き受けることになったのである。

明子の熱意ある言葉は、十三歳の忠雄にも伝わってきた。

明子は忠雄に対して、一人前の男に接した時のように、丁寧に、熱心に自らの赤裸々な心を告白した。それはまるで男を口説く女のようだった。

――自分を信頼してくれている――

その気持が忠雄にも伝わってきた。

「僕、やるよ」

忠雄がそう言うと明子は、お膳を横に押しやるや、忠雄の身体を抱きしめてきた。

「ゴメンネ、こんなことをあなたにやらせるなんて……わたし、どうかしているのかしら……」

そう言いながら、涙にむせんだ。

明子の身体は重かった。むせるような大人の香気で、息がつまりそうになった。

どの位時間が経ったのだろうか。

明子は忠雄からゆっくりと身体を離すと、

「ちょっとここで待っていてね。電話をしてくるから」

そう言って立ち上がる時の明子の目は、まだ涙でぬれているように見えた。

明子が階下に降りていったあとの部屋は、昼間だというのに夜のように薄暗かった。小さい北側の窓から入ってくる唯一の明かりが、うずたかく積まれた書籍を斜めに照らしていた。

忠雄の身体には、まだ明子の身体から伝わってきたあつい熱が残っていた。その重い心地よさに忠雄は身をまかせ、しばらく動けなかった。

妙に甘くせつない気持だった。その感情が叔母の明子に向けられていることは、忠雄には分かっていた。が、忠雄には、何をどうするという考えも浮かんでは来なかった。

今は明子から頼まれたことを遂行する。そのことしかないように思えた。
十五、六分位経ったろうか。やがて階段を昇ってくる明子の足音が聞こえた。
「連絡がついたわ。明日の夕方六時に収容所に行って、この手紙をダイルスキーに渡して欲しいの」

部屋に入ってくるや、明子はそう言って一通の手紙を忠雄に手渡した。白い角封筒の手紙はかなりの厚さで、表紙は横文字で書かれており、忠雄にはその文字は読めなかった。

「収容所の外に横山さんという人が待っているから、その人と一緒にダイルスキーのところへ行って、手紙を渡して、私は元気であることを伝えて欲しいの。あなたはその横山さんという人の言う通りに動けばいいことになっているから……」

「横山さんという人は、どういう人ですか」

「私の最も信頼している人よ。だから心配しなくてもいいのよ」

まだ不安そうな顔をしている忠雄に向かって、明子は更に続けた。

「横山さんは、収容所の通訳をしている人なの。だから収容所に出入りすることが出来るのよ。だから心配はいらないわ」

そう明子に言われれば、信じるしかなかった。

（五）

明治三十八年五月二十七日、東郷平八郎率いる連合艦隊は、日本海海戦に於いて、ロシアのバルチック艦隊を撃破、全滅させた。

この海戦に於いて、ロシア提督以下三千名にも及ぶ捕虜が出たということが、松山市民にも、二十九日になって、号外によって伝えられた。

街はその戦勝に湧き立ち、人々はその勝利を例によって旗行列で祝った。

当時松山の捕虜収容所には、二千三百人を超える捕虜が居たが、この戦勝によって、六月以降もこの戦いによる捕虜が更に松山に送られてきた。

こうした動きと平行して、日本のロシア人捕虜に対する寛容な管理も、更に進んだ。

三月には捕虜将校を対象に『自由散歩制度』が導入され、更に散歩区域も拡張され、海水浴のために三津、高浜（松山の玄関口の港）、梅津寺《ばいしんじ》海水浴場などが散歩区域となった。

そして日本海海戦で日本が勝利してからは、更に遊浴のため石手川堤防出合渡《であいわたし》より約四百メートル家屋辺りまで散歩が許可された。捕虜将校の中には自転車で外出する者も少なくなかった。

こうした自由が捕虜達をいかに慰めたかは、捕虜達個々によって違いはあると思われるが、概して好評だったと伝えられる。

しかし、いくら自由が形の上で認められたとしても、彼等にとって捕虜であることには変りはなかった。やはり故国への帰国こそが、最も切望されるところであったことは、容易に想像できる。

こうした背景があって、収容所での捕虜への当局の監視がゆるやかなるものに変化していったことは十分に考えられる。

忠雄が明子に頼まれて、城北のバラック収容所にダイルスキーを訪ねたのは、こんな時期だった。

忠雄は城山の下にある師範学校の付属小学校の授業を終えて一度家に帰ってから城北のバラツク収容所に向かった。

六月の夕暮れの薄い日差しの下で、城北練兵場一帯の草地はみかん色に染まっていた。

城北のバラック収容所と言えば、ロシア人負傷兵が収容されている病棟であることは、忠雄も承知していた。

当時城北のバラック病棟は松山に駐屯する陸軍第二十二連隊の練兵場の東側の一角に設けられた臨時の収容所だった。開戦後予想をはるかに超えた捕虜負傷兵のために急きょ設けられた施設だった。

負傷した捕虜と言っても、千差万別で、戦闘で瀕死の重傷を負い、命も危ぶまれる捕虜から、すっかり容態が回復し、退院の近い捕虜まで収容されていた。

病状が回復した捕虜の中には、近くの道後温泉に出掛けたり、石手川の堤で景観を楽しむ者もいた。

元気な捕虜は収容所の中を歩き回り、収容所の金網の向こうの物見高い覗き見の子供達や大人と片言の身振り手真似の会話を楽しんだ。警護の兵隊が近づくと網の向こうの子供達は、くもの子を散らすように逃げ去るのである。

忠雄もこうした子供達の群れの中にいた。

ロスケ。

捕虜のことを忠雄達はそう呼んだ。

忠雄が異国人を見たのはこの時が初めてだった。

今まで野蛮人のように思っていたのに、近くで見るロスケは、身体こそ大きいものの、ふつうの人間であることが分かった。人なっこい顔で金網越しに子供達に近づいていきて、笑顔で片言交りの日本語で語りかけてくる捕虜は、時々子供達に、網ごしに飴のような菓子を渡してくれた。

最初は敵の兵隊ということで、身構えた気持だったが、馴れてくると、何となく親しみが湧いてきた。

そのバラック収容所にいるダイルスキーという海軍士官に渡すよう忠雄は明子から手紙を託されたのだった。

家を出る時母から、「どこへ行くんけ?」と尋ねられたが、「友達のところに行ってくる。すぐに帰るけん」と言って出かけてきた。

彼が明子の使いでバラック収容所へ行くことは、絶対に言えることではなかった。明子はそのことを忠雄に注意したわけではなかったが、彼はこの自分の使命が、極秘のうちに行わなければならないことを、はだで感じていた。

門の個所には守衛の兵隊が二人いて、手持ち無沙汰に、のんびりとその辺りを歩き回っていた。

六時を過ぎたが、明子が言う横山という通訳の男は姿を見せない。仕方なく引き返して通りの方に行きかけた時、背後から肩を叩かれた。

「タダオクンカイ」

振り向くと四十年配のあごに黒髭をはやした男が立っていた。肥満体のどこかきざっぽい感じはしたが、一方で人の良さそうな顔付きをしていた。

「はい、忠雄です」

「明子さんから手紙を預ってきたんだね」

「はい、ここに持っています」

「分かった。じゃー、行こうか」

横山は先に立って歩き始めたので、忠雄もその後を急いで追いかけた。

横山がどういう男かは知らないが、明子とは以前からの知り合いで、信頼できる男であるということは明子から聞いていた。

横山は守衛の兵隊と何か言葉を交わしていたが、やがて忠雄を手招きし、一緒に門をくぐり抜けた。

建物の中は、負傷兵や看護婦達が行き来していたが、兵士達の大柄な身体に、圧倒されそうな気がした。横山はそこでは顔らしく、行きかう兵士達とロシア語らしい言葉で挨拶をしたり、一度は立ち止まって短い会話を交わしたりした。

忠雄が通されたのは、食堂らしき場所の奥にある薄暗い小部屋だった。そこには、白い服装の日本人のコックらしい男が二人話し込んでいたが、横山が何事か彼等に囁くと、すぐに部屋を出ていった。

「ここでちょっと待っていてくれるかな」

横山もまたそう言うと、忠雄ひとりを残して、早足に部屋を出た。

忠雄は窓のない薄暗い部屋にひとり取り残され、心細かった。電気はついているのだが、その明かりは、まるでローソクのように淡く、薄汚れた畳を照らしていた。

どの位待ったのだろうか。随分ながく待たされたような気がしたが、本当のところは十分位だったかもしれない。

最初に部屋に入ってきたのは横山で、その後に患者が着る白い衣服を着た大柄な長身の男が続いた。

男は既に横山から話を聞いていたのか、忠雄を認めると、

「ヨクキテクダサイマシタ」

と片言の日本語で言い、優しい笑顔で忠雄に握手を求めてきた。大きくてあたたかい手だった。何か圧倒されそうな気がした。

――こいつが明子をたぶらかせたダイルスキーという男なのか――

が、憎しみのようなものは湧いてこない。

ダイルスキーは、忠雄の年齢と学校のことを聞いたようだが、横山がロシア語で忠雄の言葉を通訳する毎に、大袈裟な身振りで何度も頷いた。

忠雄は男に何を話していいのかは分からない。だから、ただ黙って男の話を聞くしかなかった。

「じゃーダイルスキーさんに明子さんから預ってきた手紙を渡して下さい」

忠雄は横山に促され鞄の中から手紙を取り出すと、それをダイルスキーに差し出した。

「ドウモアリガトウ」

そう言ってダイルスキーは両手でその手紙を押し頂くように受け取ると、

「アキコサン、ゲンキデスカ?」

と尋ねてきた。

「はい、元気です。だから心配しないようにと言ってました」

忠雄の日本語の言葉が通じたのか、ダイルスキーは何度も頷き、それからは、ありがとう、という言葉を繰り返した。目には涙のようなものが光っているように忠雄には見えた。

ダイルスキーという男は、両親や祖父の常助の断片的な話をそれとなく聞いていると、雲助のような、ならず者の青年士官と受け止めていたが、こうやって間近に見るダイルスキーは紳士的で優しい男のように思えた。明子がこの男が好きになったことが、分かるような気持にさえなった。

でもこの男を好きになってはいけない。この男は明子をさらっていくかもしれない敵なのだ。何か罵倒する言葉を吐きかけなければならない。

そう思いつつも、忠雄は何一つとしてそうした気持をダルスキーに伝えることは出来なかった。

ダイルスキーが部屋を去るとき、彼はもう一度握手を求められた。ダイルスキーの手はあたたかかった。

「センソーオワッタラ、ペテルブルクへ、キテクダサイ、マッテイマス」

彼は忠雄に向かってそう叫ぶように言うと、足早に部屋を出ていった。その後姿が何か忠雄には、寂しく映った。

四日後。

明子が黙って家を出て、そのまま夜になっても帰ってこなかった。そしてダイルスキーが収容所を脱走したのもその日であることがあとで判明した。

収容所担当の将校が増井家にやってきて、明子の在宅を確認に来たことから、そのことが分かった。

二人はしめし合わせて脱出し、どこかで合流し、逃避の旅に出たのだろうか。

だが、お互いにいわば幽閉の身であってみれば、誰かそれを助けた第三者がいたのではないか。その疑惑が訪ねてきた警備の将校の口から語られていたと忠雄は聞いている。

忠雄はその話を聞いて心が重くなった。

彼は明子に頼まれて、彼女の手紙をダイルスキーに届けた。もしかすると、あの手紙の中に、二人がしめし合わせて極秘に会う場所と時間が書いてあったのかもしれない。

ダイルスキーの暴漢に刺された傷は殆んど完治していた。というのも、忠雄が初めて出会ったダイルスキーは、患者が着る白い衣服こそ着ていたものの、すこぶる元気だったからである。二人は手に手をとってどこへ行くというのだろうか。到底逃げ切れるものではあるまい。家の誰もが危ぶんだ。

記録によると日露戦争中のロシア兵捕虜の脱走事件というのは、松山に於いても四十四件、のべ八十九名にも及んでいる。その主なものの中で一九〇四年七月と翌年一月の二度にわたりコザック騎兵中尉スウカヤトポルク・ミルスキー等五名が起こした脱走事件が最も有名である。

ミルスキーは後に軍事会議にかけられ十五年の刑を言い渡され、高松の刑務所に送られた。

こうして捕虜の収容所からの脱出が繰り返されたことは、収容所当局がいかに捕虜を手厚く待遇したとしても、彼等の異国での孤独を癒すことは難しかったということだろう。

ただ、ダイルスキーの脱出は、故国への郷愁や、収容所への不満から発したものではなかった。捕虜収容所というところは、施設がにわか作りのバラックだったり、寺院や公会堂ということもあって、捕虜がその気になれば、収容所外への逃亡は、そんなに難しいことではなかった。

だからダイルスキーもまた、脱出は容易だったと思われる。

ダイルスキーはただ明子に会いたい一心だった。

二人は収容所の裏の林の中で落ち合い、一夜を過ごし、それから薄闇の中を歩いて梅津寺海岸に向かった。

林の中で落ち合ったとき、ダイルスキーは、すぐに収容所に帰るつもりでいたのだが、明子と会ったところで未練が湧いてきて、どうしても別れられなかった。明子もまた同じ気持であったろう。

「海が見たい」

とダイルスキーが言うので、明子は梅津寺へ行くことを決意した。

収容所から梅津寺海水浴場までの距離は、凡そ七キロだった。彼等が歩いて梅津寺海岸に到着した時は、既に夜が明け、人気のない六月の浜辺は、まことに静かで、打ち寄せる波の音だけが、聞こえてきた。

海岸はたっぷりと潮で満ち、岩場近くの浜辺まで海水が押し寄せていたに違いない。

「海だ、海だ」

ダイルスキーは叫び、明子と手に手をとって浜辺を走った。

ダイルスキーと明子は、ここで何を語り合い、どのようにたわむれたのだろうか。

(戦争が終れば、君をペテルブルクへ連れていき、両親に紹介するよ。結婚式は、ペテルブルクの一番大きい教会で挙げることにしょう)

ダイルスキーは明子にこんな風に囁き、将来を誓い合ったに違いない。

梅津寺海水浴場の砂場で、二人が手に手を取ってかりそめの楽しいひとときを過ごしているのを、犬を連れて浜辺に散歩に来ていた老人が発見した。

目の青い長身の男は捕虜に違いない。

そう確信した老人は、直ちに当局に通報、ダイルスキーと明子は、早々に身柄を拘束された。

この二人拘束の知らせは、増井家にも知らされた。

明子に対する常助の怒りは頂点に達し、警察に拘置され、一週間後に釈放された時も、釈放の条件の身元引受人になることを拒んだ。

ここでも明子の兄の勇一郎が、父親の常助をなだめ、身元引受人となって明子を家に受け入れた。

受け入れたと言ってもこの時は、以前の時のように、部屋に閉じ込めておくということでは済まなかった。

明子は家の母屋の庭を隔てた右手の土蔵の中に閉じ込められた。正に幽閉だった。

土蔵の中は奥行きもあって、一番奥の方に棚に囲まれた小さなスペースがあった。そこにござを敷き、明子が寝起きするための蒲団が持ちこまれた。一応そこで一人が生活できるよう、こまごました生活用品なども、一通り置かれた。

食事の運び込みや、不足する生活用品を明子の許に運ぶのは、忠雄の母のミサの役目だったが、忠雄はその手伝いで、土蔵の明子の許へ食事を運ぶこともあった。

その日は朝から雨だった。

休日だったので、来客で多忙な母親に代って、忠雄が明子の面倒を見た。

土蔵の中の明子は、いつ来ても以前部屋の中に置かれた時と違って、ひどく沈んだ顔で、座ったまま一点を見つめ、殆んど口をきかなかった。

忠雄が食事や日用品を運んできた時だけ「有難う」と言って、少し微笑したが、それ以上ほとんど何も語ろうとはしなかった。

土蔵の入口は鍵がかけられていた。というのも、明子が以前のように逃亡をはかることを恐れてのことだった。

鍵を開け中に入っていくと、奥にはかすかな明かりが見え、明子の座っている姿が見える。明かりと言っても、奥の天窓から入ってくるかすかな明かりで、入ったところで目が慣れてくるまでは、そこにしばらく止まってから前に進む。

このところ梅雨の雨が続いているせいか、土蔵の中はじめじめとした空気が澱んでいた。

この日は珍しく、入っていくと明子が、忠雄に向かっていろいろ話しかけてきた。

「戦争はどうなっているの？」

忠雄の学校生活、特に学習状況についていろいろ質問したあとで、明子が聞いてきた。新聞さえも読めない状況の中で、やはりそのことが心配なようだった。

「うん、日本の大勝利だ。東郷将軍が海でロスケをやつけてからも、日本軍は大陸でも進撃を続けているんだ」

「ああ、そう」

そう言っても明子は大した反応は示さない。

「でも、早く戦争が終るといいわね」

明子はそう言って、高い天窓の方に目を向ける。その白い幾分痩せた蒼い横顔が忠雄には、何か透き通った妖精のように映った。

「ところでタダちゃんは、ロシア嫌い?」

「うん、敵だからね」

「もし私がロシア人と結婚してあちらに行って、ロシア人になったとしても、やっぱりロシアが嫌い?」

忠雄はこの時困惑した。

「ロシアは嫌いだけど、オネーチャンは好きだ。だからオネーチャンにはロシアに行って欲しくない」

正直な気持だった。

明子の相手のダイルスキーは決して悪そうな人間には見えなかった。むしろ会ってみて、好感さえも持った。が、明子の相手であってみれば、やはり嫌だった。あの男さえいなければ、明子は以前の明子のままで居られる。そう思うと、ダイルスキーが憎らしくなった。

「でもね。人間というのは、どうしょうもないことがあるのよ」

「どうしょうもないこと？」

「そうよ、どうしょうもないこと。それはね、愛というものよ」

「愛？」

「そう。愛。私に看護婦の道を捨てさせ、私を親不幸な人間にさせるもの……それが愛なのよ」

「どうしてあんなロスケが好きになってしまったの？」

「理由はないの。でも好きになったんだから仕方ないでしょう」

この時だけ明子は語気を強めた。

だから、忠雄はここで黙るしかなかった。

胸の中にもやもやしたも感情が湧き上がり、全身が熱くなった。それがやきもちということに忠雄は本能的に気付いていた。やきもちの裏には必ず愛がある。

叔母に向けられた屈折した愛が十三歳の忠雄をこの時苦しめていた。

「戦争が終ったら、オネーチャンはロシアへ行くの？」

「うん、行くよ。ペテルブルクへ行ってダイルスキーと結婚するのよ。結婚式にはタダちゃんも呼んであげる」

「ぼく、いいよ。ロシアには行かない」

あからさまな明子の言葉に忠雄は更に沈んだ気持になった。

「そう、分かったわ。でも私のことが嫌いでなかったら、君にだけは、来て欲しい」

そう明子に言われれば、

「いいよ」

そう言って、賛同の意を示すしかなかった。

「早く戦争が終ればいいいな」

明子はもう一度呟くように言った。

こころから願っている風情だった。

この頃の戦局は、日本軍の連勝が続いたあとで、一つの段階を迎えていた。

日本海海戦によって、軍事上の勝利を納めた日本は、長期の戦争への限界を感じ、最終的には、アメリカ大統領セオドア・ローズベルトの停戦斡旋へのはたらきかけに乗ることになったのである。

事態は明子が待ち望む終戦に向かって動いていた。

が、そのことが、明子に幸せをもたらしたかと言えば、必ずしもそうではなかったのである。

一方ダイルスキーは、逃亡の罪を問われ軍法会議にかけられたものの、彼の逃亡が明子との密会を求めてのことであり、自ら収容所に帰る意志があったことが認められ、一か月の営倉ということで落着した。

本来ならばこの機会に、以前より決定していた名古屋の収容所への移送が行われるのだろうが、当局の都合もあってか、彼はバラック収容所から市内にある市の公会堂収容所に営倉終了後に移された。

戦闘で負傷した大腿部の傷も、暴漢に刺された背中の傷も、今はすっかり癒えて、健康を取り戻していた。二十五歳という若さと、帰国後の夢の未来が彼を支えていた。

ダイルスキーが明子を本当に愛していたことは、彼の周囲にいた人達の証言によっても明らかだった。

彼が明子に、ロシアへ帰国後、必ず迎えに来て、故郷のペテルブルクに迎え、結婚式を挙げるという明子への約束は、決してかりそめのその場限りのものではなかった。

が、営倉に入ったダイルスキーは明子に会いたくても、到底許されることではなかった。

公会堂収容所に移されてからも、彼への監視の目は厳しく、明子への思いはつのるものの、謹慎の身であってみれば、如何ともなしがたかった。

——戦争さえ終れば——

ダイルスキーは、この時そう願っていたに違いない。

捕虜の身分から皇帝陛下の将校への回帰。

明子との恋の成就。

帰国後の牧場経営の夢。

こうした未来への夢が収容所での彼の気持を支えていただろう。

が、この時期、時代は大きく動きつつあった。本国帰国後、彼はロシア革命の渦の中に巻き込まれていくことになる。

(六)

明子の土蔵での謹慎は、父常助の怒りが解けず、七月に入ってからも続いた。

長期の土蔵の中での不規則な生活は、明子の体を蝕んだようである。忠雄の目にも、土蔵の中の明子は弱々しく見えるようになっていた。

何か顔が蒼白く見えた。

そのことを母のミサに告げると、母もそのことを感じていたらしく、明子の土蔵での謹慎を解くよう勇一郎に助言したようである。

が、謹慎の解除は、少し遅かったようである。

その日は日曜日で学校は休みだった。忠雄はいつものように朝の食事の膳を持って土蔵に入っていき、ようやく慣れた目で前方の部屋を見たが、明子の姿はなかった。

一瞬、逃亡という文字が忠雄の頭をかすめた。急いで奥へ入った時、明子の倒れている姿を見て驚がくした。

一面血の海だった。血の中に明子の身体はうつ伏せになって倒れていた。

「オネーチャン、オネーチャン……」

忠雄は大声を出して駆け寄り、彼女の身体を起こそうとしたが動かない。蒼白な顔が、かすかに動き、目を開き忠雄の方を見て、何かを伝えようとしているが、声にならない。やがて明子はまた眼を閉じた。

忠雄は急いで土蔵を出て、明子の異変を知らせに走ったのだが、ふと一瞬振り返った時のその場の光景が、終生忘れられないものとなった。

倒れている明子の寝衣が乱れ真白な大腿がむき出しになっていて、血の中の明子が別の人間のように映った。

明子の病気は病院で、肺結核と診断された。

本人にはその徴候が既に以前からあったようなのだが、明子は自らその疑いを打ち消し無理を重ねてきたに違いなかった。

診断では既に肺のかなりの部分が結核菌に冒されていて、直ちに入院と決まった。

完治することは困難だが、まだ今の段階で治療すれば、回復の望みが全くないわけではない、と医師は幾分希望のあることを勇一郎に告げたという。但し長期の入院が必要なことは明らかだった。

明子が結核になったことは、増井家にとっては、とてつもない不幸な出来事だった。がその後、それ以上のことが明子の身に起こっていることが、やがて明らかになった。

入院して間もなく、明子が妊娠していることが、病院から増井家に伝えられ、騒動となった。

病院の医師からの話によると、妊娠三か月だという。

ダイルスキーが大林寺収容所に収容されたのが開戦の翌年の一月だから、彼と明子がダイルスキーと肉体的に結ばれたのは、知り合って三か月ばかり経ってからのことと推測された。それは正に大林寺の住職が、祖父の常助のところへ来て、明子とダイルスキーの仲を心配して忠告に来た時期と重なる。

子供を処置しなければ母親の命の保障は出来ないと医師から宣告された。

結核と診断された明子の胎児が結核菌に冒されている危険性に加え、明子の相手がロシア人捕虜ということであれば、中絶するということは是非もなかった。

が、明子は自分の命に替えても子供は産みたいと中絶することに抵抗した。

「ロシア人の子供を産んでどうするつもりだ。奴がロシアに帰ってしまったら、生まれながらにして父親のない子になるんだぞ。増井家では子供の面倒は見ない」

兄の勇一郎の説得にも拘らず、明子は最後まで頑強に出産を願ったが、最後は泣く泣く納得させられた。

多分生まれてくる子供が不幸になることへの危惧が、どこか明子の中にもあったからに違いない。

戦争が終ればペテルブルクへ移り住み、郊外の牧場で、ダイルスキーと新しい家庭を築く。

そうした夢が、崩れつつあることが、明子にも分かってはいたが、まだこの頃は望みを捨てていたわけではなかった。

こうした経緯を十分に理解できないものの、大人達の断片的な話の中で、忠雄は彼なりに理解した。

小学校六年生の忠雄には、まだ性のことは十分理解できなかったが、それでも男女の秘め事が存在することは、薄々とは知っていた。

以前明子に抱きしめられた時、身体の奥の方から、何か突き上げてくるような感覚を覚えた。そのとき覚えた快感には、虞《おそれ》のようなものが伴っていた。明子から離れてからも、己の一物が妙にこわばる不思議さを恥じた。

それが愛と関係あることに、その後気付いた。中学校に入ってから間もなく、自慰を覚えた。自慰をする時の対象は、いつも明子だった。血の海の中であえぐ明子の寝衣からはみ出したあの時の白い大腿が、想像の中で彼の欲情を刺激した。

が、明子の妊娠が、ダイルスキーとの性の結果であると、はっきりと認識していたわけではなかった。それでも、勇一郎が何度も口にする（妊娠）という言葉が、妙に忠雄には、明子に裏切られたような気持にさせたのは、この時もある程度の知識を得ていたからではあるまいか。

七月の学校の夏季休業に入ってから数日経ったある日、忠雄は一人私鉄の電車に乗って、病院に明子を訪ねた。

それまでも忠雄は明子を見舞い、いろいろ尋ねたいこともあったが、明子を見舞うことは両親から固く禁止されていた。

当時結核と言えば、それは死病だった。ひとたび結核菌に胸を冒されれば、死を覚悟しなければならないと言われていた。それに結核は伝染する恐ろしい病気だった。だから忠雄が結核になった明子を訪ねることを親が禁ずるのは、当たり前のことだった。

それでも忠雄は親のそうしたキビシイ処置が不当のように思えた。

——オネーチャンに会いたい——

そうした忠雄の願望は、彼の独断の行動によって果された。

病院のある私鉄の駅に降り立ち、近くの人に病院の名前を告げると、その場所はすぐに分かった。夏草が繁る田んぼや畑が左右に拡がる道を少し歩くと、教えてもらった通り、左手に白い病院の建物が見えた。

明子が入っている部屋が、三階の三百十五号室であることだけは、母が知人に電話しているのを聞いて分かっていた。途中看護婦や見舞い客らしい大人とすれ違ったが、咎められることはなかった。結核患者だけを収容する病院で、子供が一人歩いているのを病院関係者に不審がられることがなかったのは、多分、誰もが多忙の中で仕事に従事していたからに違いない。

三百十五号室はすぐに分かった。

その部屋は六人部屋で、入口から左右に三つずつベットが置かれ、左窓側に明子が寝ていた。忠雄が中に足を踏み入れた時、部屋は静かで、数名の女性患者が寝ているだけだった。

忠雄の姿を認めた時、ちょうど薬を飲むため床から起き上がった明子は、驚がくにも似た表情で彼を見つめた。

が、次の瞬間明子が言った言葉に、忠雄はたじろいだ気持になった。

「どうして来たの」

咎める口振りだった。

しかし、顔は咎める表情ではなかった。

明子の顔はやはり白く透き通ったように見えた。痩せて弱々しかった。それでも目だけはキラキラしていて、気丈な明子の意志を窺がわせた。

明子は傍らにある丸い椅子に座るようにすすめた。

病室の窓の外は、緑の木々が繁り、午後の陽ざしの中で揺れているように見える。

「この病気は伝染すると大変なことになるんだからね。すぐに帰りなさい」

命令するような言い方だったが、弱々しかった。

「嫌だよ、俺、オネーチャンを見舞いに来たんだから帰らないよ」

忠雄は叫ぶように言うと、

「分かった。でも五分間だけよ」

と明子はようやく和んだ表情を見せた。

質問するのは明子の方で、忠雄はただそれに応答するだけだった。

明子の質問は、自分が入院してからの、その後の増井家の状況だった。

明子が一番心配していたのは、彼女の父、常助の病状だった。

常助は当時六十五歳。江戸時代に半世紀を生きた男だった。名字帯刀を許された商家の家柄に長子として生まれ、明治に入って薬局を興し、成功を収めた。五十歳で家督を息子の勇一郎にゆずり早々に隠居した。

人生五十年の時代だった。だから常助が数えの五十歳で、二十二歳の勇一郎に家督をゆずったとしても、それは当時としては、不思議なことではなかった。

常助は面長な顔の穏やかな表情をしていたが、気性は激しかった。この時期も家に関わる様々な大事な取り決めには、息子の勇一郎ではなく、常助が最後は決断した。ただ家督をゆずってからは、薬局問屋の経営だけは勇一郎にまかせ、口を挟まなかった。

明子とダイルスキーの恋愛が発覚してから常助は、明子に対してきびしい処置を取った。

土蔵の中に明子を閉じ込めたのも、常助の意志によるものだった。

形の上からは、明子を罰し、勇一郎がそれをなだめるという各々の役割は、明子のことばかりでなく、いつものことだった。

だが明子のことを本当に心配しているのは実は常助だった。きびしい処置をすることが、明子のためだと頑固に信じていた。

明子が結核になった時、常助は陰で泣いていたという。

「出来ることなら、病気を代って引き受けてやりたい」

そう連れ合いの祖母に漏らした話を、忠雄は耳にしていた。

その常助が最近肺炎になり寝込んでいた。その後肺炎は完治したものの、それ以降めっきりやせて急激に衰えを見せていた。

母からその話を病院で聞いた明子は、ひどく心配した。明子は自分のことを一番心配してくれているのは、実のところ自分に対して一番きびしい父の常助であることを知っていたに違いない。

忠雄から常助の衰えの状況を聞き出すと、

「心配をかけ続ける私が一番悪いのよ。親不孝者なのよ」

そう言って自ら責め、嘆いた。

忠雄はただ黙って明子の話を聞くしかなかった。

明子は何故か忠雄に対してその後のダイルスキーのことを聞こうとはしない。だから忠雄の方でその話を切り出した。

「ダイルスキーさんは営倉がとけて、今は公会堂収容所に移ったそうです」

「そうだったの。で、元気なのかしら」

「はい、傷もすっかり癒えて、元気だと聞いています」

「それはよかった」

そう言うと明子は遠くを見る表情で窓の外の風景を眺めた。

ベッドから起き上がっている明子の横顔は忠雄にはひどく寂しそうに見えた。

「もしよかったら俺、ダイルスキーさんのところにお使いに行ってもいいよ」

精一杯の明子への言葉だった。

明子にダイルスキーと会って欲しくはない。でも今一番明子が喜ぶのは何であるか、この時忠雄は承知していた。

この忠雄の提案に明子は微笑し、

「どうも有り難う。でも、もういいのよ……」

と外に視線を置いたまま、そう言った。

意外な返答だった。

この時の明子の気持は本当に苦しかったのだと、忠雄にはのちに理解した。

結核に感染し、明日をも知れぬ命だった。愛するダイルスキーの胎児を堕ろし、彼女の未来への希望は、失われようとしていた。

(何とか病気だけは克服したい)

そう思い病院では医師の言うことを忠実に守ることに努めていた。だが日々衰弱していく自分を自覚しないではいられなかった。

せめてもう一度、ダイルスキーと再会し、愛を確かめたい。そういう焦りもあったに違いない。

しかしこの時忠雄の提案にも拘らず、明子はダイルスキーとの連絡を拒んだ。そこには明子の置かれている自分の状況をダイルスキーに伝えることによって、彼に心配をかけたくないという思いが、はたらいていたのではなかったろうか。

五分と言っていたのに結局三十分以上もいてしまった。外の廊下の方で、何かあわただしく看護婦達の行きかう音が聞こえてきた。

「僕、帰るよ」

忠雄がそう言うと明子は頷き、

「今日は来てくれて有難う。でも、もう来ないでね」

そう言って寂しそうに笑った。

と、忠雄が扉の方に向かって二、三歩足を踏み出した時、背後から「ひー」と言うような声が聞こえた。

急いで引き返すと、明子が両手で顔を覆っていた。そして戻ってきた忠雄の両肩をいきなりつかむと、彼の身体を引き寄せた。

目からは大粒の涙が吹き出ていた。

「わたし、生きられるかしら……」

明子が言う一言が忠雄の胸に突き刺さった。刃で刺された痛みよりも、心の痛みの方がはるかに苦しいということを忠雄はこの時知った。結核が死病であり、結核にかかった明子が、遅かれ早かれ死ぬことは、家族の話から忠雄にも伝わっていた。

だから今、正面切ってそのことを尋ねられても答える言葉は見つからない。

明子は最初から忠雄に答えてもらうつもりはなかったに違いない。でもそう言わないではいられなかった。

苦しまぎれに忠雄が発した言葉は、

「大丈夫、生きられるよ。オネーチャンは絶対に死なない。オネーチャンは病気が治ったら、ペテルブルクへ行くんだろう。だから死なない」

理屈に合わない稚拙な言葉だったが、それを聞くと明子は、大声を上げて忠雄を更に強く抱きしめてきた。

その激しい明子の行動に、忠雄は戸惑い、彼女の身体の中で息が詰まりそうになった。痩せたとはいえ、明子の身体は柔らかく、忠雄は女の香の中でむせんだ。

（七）

明治三十八年八月十日、アメリカのポーツマスにおいて、日露講和会議が始まった。日露がアメリカ大統領セオドア・ローズベルトの斡旋による講和に前向きの姿勢を見せたのは、両国各々の国内事情によるところが大きいと言われる。

日本は既に財政状態が破綻し、これ以上長期にわたる戦争は、国力の許すところではなかった。一方軍事上の敗者になったロシアでも、国民の不満は増大し、帝政崩壊へ向かう革命前夜の社会的混乱の時期を迎えつつあった。

こうした両国の事情が、互いに両者の譲歩を生み出し、同年九月、日本全権小村寿太郎、ロシア全権ヴイッテは、講和条約（ポーツマス条約）に調印した。

日本では講和条件の不満から、東京の日比谷の焼き討ち事件などがあり、松山でも東京に遅れること三日、軟弱外交への批判が高まったが、大事には至らなかった。

講和条約が締結時、松山捕虜収容所の捕虜総数は二千百六十四名、この人数以外に小児が一名居たと記録にはあるが、その詳細は不明である。

講和条約締結後十月に入ると、捕虜達は、ロシア帝国軍人に復し、母国への帰国のため、松山の地を離れていった。

十月二十日には、かねて領置されていた露国将校の軍刀が還付された。

松山においても捕虜の扱いは廃止され、自由の身となった彼等は自由外出可能となった。

十二月に入ると、ロシア捕虜受取委員海軍中佐ミハイル・ヘロプーチンが松山の収容所へ来所。捕虜送還の打ち合わせが日本側当局との間に行われ、それ以降捕虜達の帰国が進んだ。

コンスタンチン・ダイルスキー海軍少尉は、当時、公会堂収容所にいたが、その後、負傷した大腿部の傷に細菌が入り、その治療のため、再度城北にあるバラックの仮設病院に還っていた。

ダイルスキーの傷はその後完治したが、講和後は、一般の収容所となったバラックの仮設病院に、そのまま帰国まで留まった。

このダイルスキーが、忠雄の家に突然訪ねてきたのは、十一月に入って間もない日の午後三時頃だったろうか。

その姿を最初に認めたのは、ちょうど学校から帰ったばかりの忠雄だった。

長身の外国人と、もう一人背の低い四十年配の男が、薬局の店前で、佇んでいた。そして通りで友達と話し込んでいた忠雄がそれを認め近づいていくと、一人は間違いなくあのダイルスキーだった。そしてもう一人は例の横山という通訳の男だった。

ダイルスキーは、ロシア海軍の白っぽい軍服に軍刀を腰に吊り、捕虜収容所で出会った時と比べれば、堂々と見えた。

忠雄の姿を認めると、近づいてくるや、

「シバラクデス」

と言って握手を求めてきた。

大きくて、あたたかい手の感触だった。

「アキコサン、ゲンキデスカ、キョウムカエニキマシタ」

と彼が言ったので、忠雄は何と答えたものかと戸惑っていたとき、横山が近づいてきて、

「何かあったのですか」

と問うてきた。

が、ここで横山に明子のことを話すのも、ためらわれた。

明子の病状はその後も回復には向かわず、結核治療の病院にそのまま入院していた。病状は決定的に悪くはなってないものの先の見込みは暗かった。

忠雄もその後、明子にはずっと会っていない。一度秘かに病院を訪ね、受付を通り抜けたものの、警備員に咎められ、帰されてしまった。その時、警備員に自宅に連絡されたため、父の勇一郎から強い叱責を受けた。

――オネーチャンに会いたい――

忠雄は無性に明子に会いたかった。

が、ままならず、寝床の中でいつも、明子の面影を追う日々を送った。

最後に病院で別れたとき、全身を明子に抱き込まれ、明子のむせぶ泣き声を聞いた。

あたたかい女の抱擁は、忠雄の全身に電気で打たれた時のような衝撃をもたらせた。本当にあたた

かく、そのぬくもりは、記憶の中で醒めることはなかった。

明子の哀しみを、忠雄は彼なりに理解していた。

何とかダイルスキーが棲んでいることは分かっていた。それは忠雄にとって不本意なことだが、何とかダイルスキーに会わせてあげたい。そういう気持があった。が、自分の力ではどうにもならなかった。

しかし今、ダイルスキーが眼前に現れた。そのことが突然だっただけに、どうしていいか、忠雄は戸惑った。

だから、横山から「どうしたのですか」と尋ねられても、どう答えたものか迷った。

忠雄は横山の問いには答えず、

「ともかく中に入って下さい」

そう言って二人を母屋に導いた。

忠雄に導かれた二人は母屋の応接室に入り、そこで勇一郎夫婦と対面した。

こうした時は、明子の父の常助が彼等と対応するところだが、既にこの頃ほとんど寝たきりで、会話もおぼつかない状態になっていた。

勇一郎がダイルスキーの来訪を告げても、ただ頷くだけで、反応に乏しかった。やむなく勇一郎が常助に代って彼等と対面することになった。

話は通訳の横山を通じて行われたが、お互いが自国語を通して話す時、その身振りや顔付の変化から、相手の意志の凡そは確認することが出来た。

忠雄は応接室の前の廊下で、彼等のやりとりに聞き耳を立てたが、ほとんど扉を隔てているため聞きとれなかった。

時々勇一郎の幾分抑えた声と、ダイルスキーの一オクターブ高い声が交合に聞こえてくるものの、その言葉は、忠雄には届かなかった。

あとで聞いたところによると、この時の話し合いは次のような経過を辿り、不首尾に終ったという。

ダイルスキーは最初、明子の在否と近況を聞き、ぜひ会わせて欲しいと申し入れてきた。

勇一郎がその理由を訪ねると、ダイルスキーは、明子を深く愛していること。既に彼女と結婚の約束も交しているので、日本の様式に従いご両親の承諾を得たい。自分は近日中に帰国することになるが、再度来日し、明子と正式に結婚するため、彼女を故郷のペテルブルグへ連れて帰りたい。その件をぜひ承諾願いたい。なおご両親がペテルブルクの教会で行われる結婚式に参加して頂けるならば、こんなに嬉しいことはない、などと述べた。

「そのことは、明子も十分承知していることですか?」

明子の現状を話す前に、勇一郎はあえてダイルスキーに問うてみた。

「勿論です。アキコが今も私を愛していることを私は信じています」

ダイルスキーのロシア語の熱弁は、通訳の横山の訳語を通さなくても、勇一郎夫婦にはその力強い声と表情から伝わってきた。

ダイルスキーに多くを語らせたあとで、勇一郎は、初めてここで、今明子が置かれている現状を語った。

明子が今、結核患者専門の病院に入院していること。今は安静状態にあり当面は療養に専念するしかないこと。彼の申し出は大変有り難いが、今はそれにお答えすることは到底無理であること、などだった。

ダイルスキーは、勇一郎の話を聞くと、両手で顔を覆い、やがていきなり顔を上げるや、

「カワイソウ、アキコ、カワイソウ、アキコ……」

と何度も大声で叫び続けた。

一刻も早く明子を見舞いたい。そうせかして言うダイルスキーに向かって勇一郎の返事は冷たかった。

「それはできません、病気が病気ですから今は総ての人のお見舞はお断りしています。たとえダイルスキーさんであろうと誰であろうと、お断りします」

勇一郎の強い言葉にダイルスキーは一瞬たじろいだものの、あきらめなかった。

「私はアキコの婚約者です。アキコと生涯を共にする約束をしました。アキコと会う権利が私にはあります」

「権利とは何だ」

通訳の横山から権利という言葉が発せられると勇一郎は、怒りの形相でダイルスキーを睨みつけた。

ダイルスキーもまたそれに負けじと、勇一郎の視線から逃げず、青い目でそれに対抗した。

しばらく沈黙があったところで、横山が口を開いた。

「部外者である私がとやかく言うのは適当ではないかもしれませんが、ここはお互いに譲歩して、二

人のことを考えてやれんでしょうか」

と言うのである。

「君はどうしろと言うのかね」

勇一郎は不機嫌そうに、横山の方に視線を移して言った。

「ダイルスキーも十二月五日には、帰国することになっています。帰国までにあと一か月しかありません。二人が愛し合っているというのなら、一度二人に会う機会を与えてやることはかないませんでしょうか。それからのことは、二人が話し合えばいいと思いますが」

妥当な仲介の言葉だった。

が、勇一郎は譲らなかった。

頑固と言うのではない。彼の中では、元気であれば父の常助がどう対応したか、そのことが頭にあった。

ダイルスキーは、娘の明子を汚し、台無しにした憎むべき男だった。いわんや彼は講和が成ったとはいえ、敵のロシア人である。そんな男と家柄の増井家の娘が一緒になることは、到底世間体から言っても許されることではなかった。

たとえ明子が結核の病に冒されなくても、断固断わる、というのが常助の意志と勇一郎は心得ていた。

それに明子は今、不治の病で伏す身であればなおさらのことだ。ダイルスキーにしても、そんな明子を連れ帰るなどということは、到底不可能なことに違いない。

それならば、このまま二人が会うことなく別れるのが最良の道なのだ。

この勇一郎の考えも、彼なりに妹を思ってのことだったのだろう。

「トニカク、アワセテクダサイ、オネガイシマス」

最後にダイルスキーがおぼつかない日本語で勇一郎に懇願したが、勇一郎は最後まで首をたてに振らなかった。

ダイルスキーは、しょんぼりした態度で部屋を出た。続いて横山がその後に続いた。

聞き耳を立てていた忠雄はあわててその場を離れ、両親と共に玄関で二人を見送った。

しばらくして忠雄が外に出たとき、ダイルスキーと横山が店の前で、まだ立話をしていた。

忠雄の姿を認めると横山が彼のところに近づき、

「忠雄君、何とかダイルスキーと明子さんを合わせたやる方法はないものだろうか」

と耳元で囁くように言った。

忠雄も気配から父の勇一郎とダイルスキーとの話し合いが不調に終ったことを察知していた。

明子が望むならば、何とかしてやりたい。

不本意ではあるが、明子の意志に添ってやりたいと思った。

「分かりました。一度オネーチャンに聞いてから連絡します」

そう言うと、気配で察したのか、ダイルスキーが近づいてきて、忠雄の手を取り、

「オネガイデス、オネガイデス」

と何度も頭を下げた。

大柄なロシア士官の身体が、その毎にバッタのように大きくはねた。

(八)

ダイルスキーと明子の逢い引きの段取りは、横山と忠雄の秘かな奔走によって、実現した。

当時、明子の病状は、薬効のせいか、小康状態にあった。

院内での行動範囲も広がり、病院の屋上に出て新鮮な空気を吸ったり、販売店での雑誌や新聞の購入なども一人で行けるようになっていた。但しその行動は多くの場合看護婦や付添人の監視の下に行われた。

病院での外来者の規制は、相変らず厳重で、忠雄が院内に秘かにもぐり込み、明子と会うことは容易ではなかった。

そこで横山が捕虜収容所通訳としての肩書を利用し、明子が以前勤務していた収容所からの連絡があるという理由をつけて、院内に入り、明子との面会が可能となった。

午後一時、病室に入ると、明子は屋上に出ていると看護婦から告げられたので、忠雄と横山は屋上に向かうことにした。

屋上は秋晴れで、明るい日差しがコンクリートの上に柔らかい光を落していた。

屋上の周囲は高い網の塀が巡らされていて、東側の隅の方に二人の人影があった。近づいていくと、看護婦のその横に明子がいた。明子はどうやら下界の風景に見入っていたようである。

こちらを向いたその顔は、幾分やせたような感じもするが、赤味がさし、色艶は以前に会った時よりもいいように思えた。

「来てくれたのね。有難う」

明子は笑顔でそう言うと、忠雄の右手を両手でしっかりと握ってきた。その明子の手の温もりが忠雄には心地良かった。

明子は横山とは収容所以来の仲だった。

以前に忠雄がダイルスキーを明子の使いとして訪ねた時も、何かと便宜をはかってくれたところを見ても、明子のよき理解者だったことは、容易に想像できる。

明子は横山に何度も頭を下げ、その時のお礼を述べた。

「申し訳ないんですが、私的な話があるので、ここで少し時間を頂けませんか」

横山の申し出に若い看護婦は、ちょっと考えるような仕草をしたものの、すぐに、

「分かりました。三十分経ったら迎えに来ますので、それまでにお話を終らせて下さい」

そう言うや小走りで屋上の出入口の方へ走っていった。

「ダイルスキーがあなたに会いたがっているんです」

横山はそう言い、これまでのダイルスキーの置かれてきた状況と、彼が一か月後の十二月の初めに

ロシア国病院船のモンゴリヤ号で帰国することなどを明子に告げた。

「彼は、一度帰国してから、あなたを迎えに来ると言っていますが、帰国前にどうしてもあなたに会っておきたいと言っているんです」

横山の話を聞くと明子は、

「何から何までご心配をおかけして済みません。私もダイルスキーに会いたいです。何とかならないでしょうか」

そう言って涙ぐんだ。

明子にしてみれば、ここでダイルスキーに会わなければ、このまま永劫の別れになると、この時直観していたに違いない。

ダイルスキーが再度日本に明子を迎えにくるとしても、その時自分が果して生きているかどうかも分からない。それだけに、明子が横山にダイルスキーとの再会を懇願したのは無理もなかった。

それから三人は、こまごました明子の病院脱出の手配を話し合ったところで、屋上の出入口の方から先程の看護婦が姿を見せた。

「じゃあ、これで」

忠雄と横山はそう言って明子から離れた。

屋上の東側は、畑と田んぼの田園風景が広がっていた。その向こう側に見える低い山の向こうは、四国山脈が波のようにうねって見える。

病院を出てからも、忠雄は、明子の手の温もりがまだ右手に残っているように思えた。

その日病院から抜け出してきた明子を誘導するのが忠雄の役目だった。

病院の夕食は四時半で、明子は五時半に病院を出て、凡そ百メートル駅の方向に行った松林のところで忠雄と出会う手はずになっていた。

果して明子はやってくるのか。

忠雄は息を飲む気持だった。家を出た時から胸の動悸が止まらなくなっていた。

――これでいいのか――

自分に疑問を抱くものの、既に矢は放たれていた。だから忠雄は足早に目的地に向かったのだ。

十一月半ばを過ぎると、日の暮れるのが早い。五時を過ぎたところで、辺りは薄闇に変っていた。

道路に面した松林一帯は既に深閑として闇の中に沈んでいるように見える。

約束の五時半を過ぎたが、明子が現れる気配がなかった。

――このまま明子が来なければ、どうしたらいいものか――

忠雄は思い悩んだ。

白い病院の建っている方向にじっと目を凝らす。途中にある街灯の明かりの下に人影が見え、その姿が足早に近づいてきた。

「来た！」

忠雄は思わず声が出た。

グリーンのコートに身を包んだ明子の姿が大きくなり、やがて忠雄の前で止まった。

暗がりの中で明子の顔が白く浮き上がって見えた。

「ごめんなさい。すっかり遅れちゃって……病室で思わぬ巡回診察があって、出そびれちゃったの……」

言い訳を聞いている時間はなかった。

忠雄は明子の手を引っぱるようにして、駅への道を急いだ。私鉄電車の座席に並んで座ると、二人はようやく一息ついた。

明子が思ったよりも元気そうで、忠雄は安堵した。

終点の松山市駅で電車を降り、改札を出て正面の広場に出ると、そこに横山が待っていた。ここでも二人はせかされて、駅の南側の小路に止まって待っている人力車のところまで急いだ。

二人乗りの人力車に、忠雄を真ん中にして三人で無理に乗り込みすぐに出発した。

人力車の中で三人はほとんど口を利かなかった。人力車の揺れる振動と車夫のかけ声が、忠雄の心に重く響いた。

走ったのはそんなに長い時間ではない。が、それでも、二十分位走っただろうか。人力車は、急な坂を昇ったところの川の見える草地で、ようやく止まった。

「お客さん、〝出合〟に着きましたよ」

車夫の声で、黙想していた明子はようやく我にかえったように目を開けた。薄闇の中でグリーンのコートが、まるでマントのように広がると、明子は地上に立った。

「向こうの方ですね」

横山に促され、二人は彼に従い川の岸辺の方に向かって歩いていった。

岸辺に立つと、何か所かに明かりがついていて、その光が川のゆったりとした流れを照らしていた。

「あちらの方ですね」

横山が指さす方向の大樹の下に、人影が見える。近づいていくと、そこにダイルスキーの姿があった。

ダイルスキーはロシア海軍の軍服に身を固め、軍刀を腰につけ、すっくと立っていた。

言葉はいらなかった。

ダイルスキーの許に明子が駆け寄り、二人は随分ながくお互いを見つめ合っていたと見えたが、やがてしっかりと抱き合った。

その姿を後にして、横山と忠雄はその場を離れた。かねてよりの打ち合わせ通りだった。

忠雄は横山と二人で滝の見える草地に腰を下ろし、長い夜の時間を待った。

――これでいいのだ――

そう自分に納得させた。

「これからどうなるんですか？」

横山に問うてみた。

「うん、どうなるか俺にも分からんな。もしかすると、ダイルスキーと明子さんは、今日が永劫の別れになるかもしれん」

「どうしてですか？」

「明子さんの病状もさることながら、世相や世界情勢の変化が、二人の再会を阻むことになるかもしれんからだ。だから今日は出来るだけ、二人に時間を取ってあげたいと思うんだ。君も可哀相だが、明子さんのためだ。我慢してくれよ」

「はい、分かりました。でも世界情勢が変化すると言っても、日本はロシアに戦争で勝ちました。世界は平和になりました」

「平和なんか、ひとときもあるはずはないよ。日本はこれから大陸に進出するだろうし、ロシアはドイツとの国境紛争に加え、反政府勢力が台頭し、国内的にも大変な時期を迎えようとしている。ダイルスキーが帰る母国は平穏ではないだろう」

「でもダイルスキーさんは、帰国後再来日して、オネーチャンをペテルブルクに迎えると言ってますよ」

「うん……そうなるといいんだが……」

横山は低い声でそう言うと、滝の水音のする闇の方向に目を走らせた。

「横山さんは、これからどうするんですか」

「うん、もうここでの仕事は終りになるから、大陸へ行こうと思っているんだ」

「ふーん」

「でも、軍事に関わるのは嫌だから開拓団のような所へ入って農業をやろうと思っているんだよ」

横山の話が途切れたところで、急に川の水音が大きくなった。

〝出合〟というこの一帯は、重信川と石手川の合流地点で、そこから合流した川は瀬戸内海にそそぐ。

ロシア人捕虜達も、自由散歩制度が出来てからは、遊浴や散策のためこの石手川堤防〝出合渡〟より四百メートルほど離れた家屋の辺りまで出てくるようになった。

ダイルスキーはこの場所が気に入ったということで、自転車でここへやってきて、遊浴や散歩を楽しんだ。あとで聞いたところによると明子とも何度かここで出会い、川の岸辺を散策したという。

その話も忠雄は、この時横山から聞いた。

ダイルスキーがこの〝出合〟を明子との再会の場に選んだのも、そうした過去の経緯があったからに違いなかった。

どの位の時間が経ったのだろうか。

忠雄はベンチにもたれ、いつしかうたた寝していたようである。辺りの人声で目覚めた。

そこにはダイルスキーと明子が、忠雄の顔を覗き込んでいた。

薄闇ではあるが、二人の笑みがまぶしく感じられた。

「タダオ、キヨウハ、アリガトウ。アナタノコト、ナガク、ワスレマセン」

ダイルスキーの区切るようなたどたどしい日本語が忠雄には嬉しかった。

明子の顔が紅潮し、彼が今迄に見たこともない程、つややかだった。

——オネーチャンは幸せそうだ——

そう感じると、ここまで来たことが、間違ってはいない、と思えた。

だが、喜びの次に来るのは、別れだった。

この時、ダイルスキーと明子との間に何が話し合われたかは、後に明子から直接聞いた。

ダイルスキーは日本を離れても明子の病気が回復するよう、毎日祈り続けることを明子に誓ったという。そして、帰国しても、常に文通で、お互いの近況を報告し合い、やがて明子を迎えに来ることも誓った。

「俺を信じて欲しい。必ずや君を迎えに来るからね。一番大事なことは、君が病気を克服し元気になることだ。俺は毎日、神に祈っているよ」

彼は何度も何度も同じ言葉を繰り返し、明子を抱きしめてきたという。

こうしたダイルスキーの誓いが果して実現するか、それは誰が考えても難しいことだった。

第一に明子の病状が決して予断を許さないものであったことが一つ、加えて帰国したダイルスキーの母国が彼の再来日を許す環境にあるのか、という疑問もある。それに明子を取り巻く環境は、最初から明子とダイルスキーの関係に好意的ではない。もし、ダイルスキーが明子を迎えに来たとしても、父の常助や勇一郎がそれを許すはずもなかった。

こうした状況があって横山も忠雄に向かって、(今日が永劫の別れになるかもしれない)と言ったに違いない。

明子はダイルスキーとの間の胎児を堕ろしたことを、このとき彼に詫びたという。それを聞くとダイルスキーは声に出して大声で泣き、それからひざまずくと、何度も亡き胎児への祈りをささげた。

ダイルスキーのペテルブルクの家族は、ロシア正教会の信者で、ダイルスキーも子供の頃から神への祈りが自然と身についていた。

彼は神を信じ、神への誓いに忠実だった。神を離れて己は存在しない。そう考えていた。

松山の収容所に来てからも、ロシア正教司祭の鈴木九八司祭を訪ね、その説教に耳を傾け、教えを乞うた。

胎児は失われたが、我々の愛は失われはしない。いずれ天国に召された子供に、二人が再会する日が来るに違いない。

ダイルスキーは明子に向かってそう話しながらも、なかなか涙が止まらなかった。

ダイルスキーが布に包まれた銃剣を、明子に差し出したのはこの時だった。

ダイルスキーの軍刀と銃剣は総ての将校共々、彼が捕虜の身分になったときに領置されていた。ポーツマス講和条約発効後、松山捕虜収容所でも明治三十八年十月捕虜に返還された。

ダイルスキーが明子に渡した銃剣は、この時当局から返還されたものだった。

彼は長い布袋から銃剣を取り出すと、それに恭しく口づけをした後で、

「この銃剣を君に捧げる。これは私の命だ。私の命を今ここで君に預ける。銃剣は私の父から送られたもので、永劫の命を持っていると教えられた。たとえ己の身体が滅びても、この銃剣が亡きがらの手許にあれば、己の魂は絶命から百年後に甦り、命の主と永劫に結ばれる」

と明子に述べたあと、彼女の前に恭しく差し出した。

明子はそれを両手でしっかりと受け取り、しばらく見入った。

銃剣は、柄と鞘の先の部分が薄い街灯の光の中で、銀色の光を放っていた。

「これがあなたの命」

明子がそう言うと、ダイルスキーは、

「そう、銃剣が私の命、永劫の命」

とロシア語で、歌うように言った。


明子とダイルスキーの別れは、呆気なく終った。

自転車にまたがって去っていくダイルスキーを、三人は岸辺の巨木の下で見送った。

明子の手に接吻の雨を降らせたあと、ダイルスキーは「サヨナラ、サヨナラ」と連呼し、手を振りながら遠ざかり、あっという間に視界から消えた。

明子は、気丈にも泣かなかった。

ぐっと歯を食いしばったまま、ダイルスキーが去っていった前方を見つめていた。

その後、三人とも、言葉を失った人のように寡黙になり、しばらくその場から動けなかった。

と、急に川の水音が高くなり、辺りの闇がどこまでも広がっているように、忠雄には感じられた。

「寒いですからお体に触ります。早く参りましょう」

横山に促されて明子と忠雄は、人力車の待っている場所まで急いだ。

帰りもまた同じ手順で帰路に着いた。

松山市駅前で人力車から降りると、明子と忠雄は横山と別れ、私鉄で明子が入院している病院の最寄り駅まで行った。

「あなたはもうここで帰りなさい」

駅から降りると、明子が忠雄にそう言ったのだが、忠雄はそれを聞かなかった。

「嫌だよ、僕オネーチャンを病院まで送るんだ」

忠雄はそう言い、自ら進んで先に立って歩き始めた。途中、明子が突然立ち止まり、かがみ込むと大きい息を何度もついた。

顔面が蒼白になり、今にも倒れそうになっている。それでもダイルスキーから貰った銃剣だけは、しっかりと抱きしめていた。

「大丈夫、オネーチャン」

忠雄が心配そうに声をかけると、

「うん、大丈夫よ。しばらくじっとしていれば……ごめんね、あなたにばかり迷惑をかけて……」

そう呟くように言って、顔を伏せた。

その場に明子が留まっている時間は、さほどながくはなかった。

「行きましょう」

意を決したように立ち上がると、明子は、ゆっくりと歩きはじめた。

「俺、そのカタナ持つよ」

忠雄がそう言うと、明子は再び立ち止まり、忠雄の顔を見つめ、

「分かったわ。これ病院へ持ち込めないからあなたに預ってもらう。いいかしら」

「いいよ、僕、絶対になくさないようにするから大丈夫だよ」

「でも、どこに隠せばいいのかしら……」

「うん、土蔵の中にいい場所があるから……」

忠雄の頭の中には実家の土蔵の奥の棚の上にある玩具の入った古い木箱が浮かんでいた。長方形のかなり大きい箱なので、銃剣は十分納められる。その箱を開ける人はいない。開けるとすれば、忠雄位のものである。

彼は半年位前に昔遊戯したケンケン玉のことを思い出し、その箱を開けたことがある。

あの箱の中ならば、銃剣の隠し場所としては、最適のように思える。

そのことを明子に言うと、明子は大きく頷き、布で包まれた銃剣を忠雄に預けたのだった。

銃剣を彼に手渡す前に、明子は自分の胸の中にかかえこみ強く抱きしめた。

目から薄闇の中でもそれと分かる程、涙があふれ出ていた。ダイルスキーと別れる時も、涙一つ見せなかった明子だったのに、どうしてここへ来て泣くのか、忠雄は不思議に思えた。

「タダちゃんね、君にこんなことを言うのも間違いかもしれないけれど聞いてくれる？」

明子はそう言って、道路沿いの古びたベンチに忠雄を導いて座った。

風はなかったが、冷気が押し寄せてきて寒かった。

辺りは人影もなく深閑としていた。

明子も青いコートの襟を立てて、時々身を震わせていた。それでも顔面は幾分赤味が返ってきたように思えた。

「わたしね、もうながくないかもしれない」

そんな重いことを言われても、忠雄には返事のしようがなかった。

確かに明子が病院へ入ってから、周囲の人達が話している明子の先行きの絶望的な病状を忠雄はそれとなく聞いている。

だから明子の口から「ながくないかもしれない」と語られても、さほどの驚きはなかった。ただ、明子が己の命の終焉の予兆を告げているのに、自分は何も手助け出来ない、してやれないことが、いかにも情けなかったし、辛かった。

「だから、君に頼みたいことがあるの」

忠雄は黙って明子の話を聞くことにした。

ここで明子の口から語られたのが、ダイルスキーから明子に渡された銃剣の由来だった。

ダイルスキーは、この銃剣を自分の命だと言って明子に手渡した。たとえお互いの身体が滅びても、この銃剣が女性の方の亡きがらの傍にあれば、お互いの魂は百年ごとに甦り、再会を果し、永劫に結ばれる、というのだった。

「お願いというのは、私が死んだら、この銃剣を君が保管し、子孫に継承し、百年経ったら私の墓に還して欲しいの」

明子はそう言って、剣の由来を話し、自ら永遠のダイルスキーとの魂の結実を願うことを忠雄に訴えたのだった。

明子の話は、まだ小学校六年生で、数え十三歳の忠雄には十分理解されるものではなかったが、明子が亡くなり、歳月が経つにつれて、この時の場面が甦り、年と共に不思議に鮮明になっていった。

その夜明子は、無事病院の門をくぐり抜け、自分の部屋のベッドに帰着したのだが、忠雄自身の帰宅に関して、その辺りの顛末については記憶にない。

ただ、帰路最終の列車に乗って松山市駅に到着、駅前の広場に出た時、空腹を覚え、近くの屋台で、残った何銭かを払って、うどんを食べた記憶は鮮明だった。

昼間は賑わいを見せる商店街も、店は閉じられ、辺りは閑散としていた。そこから忠雄は、自宅のある本町通りまで、凡そ三十分以上かけて黙々と歩いた。

堀端通りも既に軌道電車は途絶え、人影はなかった。自分の歩く下駄の音だけが、自分の耳に還ってきた。

別れたばかりの明子がやたら恋しかった。

彼女の胸に抱き込まれた時の感触が、何度も甦ってきた。

明子がダイルスキーを愛していることは、まぎれもない事実だった。それだけにダイルスキーが妬ましい。だが、明子の気持を思えば、明子の思いは遂げさせてやりたい。だからこそ今日も、横山としめし合わせて、明子とダイルスキーの逢い引きに一役買った。

明子は今日「わたしね、もうながくないかもしれない」と忠雄に向かって言った。

十三歳の忠雄には、余りにも重い告白だった。

明子はこの時既に、自らの死を覚悟していた。だからこそ、ダイルスキーが自分の命だと言って手渡した銃剣を忠雄に託した。

しかも百年後の恋の結実を願って、自ら埋葬されている墓の中に、この銃剣を納めるように忠雄に依頼した。

今、忠雄は布袋に入った銃剣を腕の中にしっかりと抱え込み、帰路を急いだ。何が何でもこの銃剣を家人の知らぬ間に土蔵の中の箱に納めなければならない。

家に着くと、深閑とした本町通りに面した薬局の店は閉じられていた。横町の表玄関から母屋に入ると両親に気付かれる。

玄関横の庭に通じる通路のある戸に手をかけると、意外にもすーっと開いた。忠雄は細長い暗闇の通路を通り抜けたところで、そこから母屋へは入らず土蔵の方向に回った。土蔵の鍵は明子がこの土蔵に閉じ込められた時、出入りしていたので、ある場所は承知していた。

土蔵の中は、正に闇で、入ったところで忠雄はしばらく立ちつくしていた。土蔵の一番奥の個所は小さな窓があって、そこからの明かりでようやく目が馴れてきたので、ゆっくりと足元に注意して前に進んだ。

玩具の入った木箱は、見当つけていた棚の場所にあり、忠雄はその箱の中に銃剣を入れ、その上に玩具類を置いて銃剣が見えないように隠した。

その作業が終ると、急に疲れが出てよろめき、倒れた。倒れた時忠雄の尻に何か固い物が触れた。手に取ってみると、それは簪だった。

青い名も知れぬ花をかたどった簪は、まぎれもなく明子のものだった。

明子は青色が好きだった。何故青色を好むのか、忠雄は分からない。青の簪の輝きが、闇の中で異様とも思える程の光を帯びていた。

かつて明子は、ダイルスキーとの不始末ということで常助の怒りを買いこの土蔵に閉じ込められた。二週間にも及ぶ幽閉生活の末倒れた。

あの幽閉期間、忠雄は明子の許に食事や日用品を運ぶ役目だった。

暗い土蔵の中だったが、明子がそこに居るだけで忠雄は心強く思えた。学校から帰ってくると、はずむような気持ですぐに土蔵に向かった。明子の存在自体が、この頃の忠雄の生き甲斐だったかもしれない。

だが、今ここに明子はいない。

何か哀しみのようなものがこみ上げてきて、忠雄は明子が忘れていった簪を胸の中に抱き込んだ。

どの位土蔵の中に居たのだろうか。外に出て、庭の方から母屋のガラス戸を開けたところで父勇一郎の呶鳴り声を聞いた。

「今頃どこに居たんだ。こちらに来い」

手を引っぱられ縁側に座らされ詰問を受けた。

「僕、友達と城山で遊んでいただけだよ」

「嘘をつけ、どこへ行っていたんだ。はっきり言え」

何故かこの時に限って父の勇一郎の怒りは激しかった。無断で遅くまで連絡もせず外をうろついていることは確かに悪かった。しかし、これ程に怒られるとは思わなかった。

「どこに行っていたんだ」

勇一郎は執拗だった。

が、どこに行っていたか、言えるはずがなかった。

忠雄はこの時父から頭に鉄拳をくらった。

何発もくらった。その鉄拳に耐えられたのも、明子のために耐えるのだ、という思いがあったからだろう。

忠雄は最後まで、その日のことについて口を割らなかった。

誰にも話さなかった。

ただ唯一の親友岡山淳平にだけは、打ち明けた。

岡山はその話を聞くと、

「それはすごいことだ」

と言って驚嘆の声を挙げたその後で、

「どうしてお前は、そんなことまでして、ダイルスキーというロシア人と明子叔母さんを取り持つんだ」

と聞いてきた。

その質問に忠雄はひるんだ。

自分の気持の中でもそのことに触れることをずっと避けてきた。だから岡山にそう指摘されると黙るしかなかった。

「お前、叔母さんのことが好きなんじゃろ」

と岡山に言われると、何か胸に重苦しいものが突き上げてきて、一刻も早く、彼から遠ざかりたいという気持になった。

明子に対する自分の密やかな気持が、愛と呼ぶにふさわしいものであったと感じたのは、ずっと後のことで、この時の忠雄は、ただ、明子を慕う気持で一杯な自分を持て余し、もどかしく感じていた。

十二月に入ると、急に辺りの風景が、冬の様相を呈してきた。

忠雄の通学路沿いにある師範学校の運動場の銀杏の木も、すっかり黄色の葉を落とし坊主になった。

土曜日のその日、重いオーバーに身を包み、寒風の中を学校から帰宅すると、母のミサが彼を待ち構えていて、これからすぐに明子が入院している病院へ一緒に行くように促された。

明子を連れ出したあの日以降、明子の病状がはかばかしくないことは、大人達の話の中で聞いていた。そしてそのことは、自分にも責任があるように思え胸が痛んだ。

――あれでよかったのだろうか――

忠雄は自分なりに反すうしたが、その答えを見出すことはできなかった。

明子があれほど喜び、横山と自分に感謝の言葉を繰り返したことを思えば、よかった、と思えるが、その結果として明子の病状が悪くなれば、やはり喜べるものではなかった。

とにかく明子を見舞いたい。そういう気持もあったが、それ以上に彼女に伝えなければならない情報を忠雄は横山から伝えられていた。

それは二日後の十二月五日、ダイルスキーが松山を発ち、祖国のロシアへ帰還する、というものだった。

果してこの情報を病気の悪化した病床の明子に伝えることがいいのか悪いのか、そのことは分からない。もし母にそのことを伝えても、母は多分「黙っていなさい」と言って、伝えることに反対するに違いない。そのことが分かっているだけに忠雄の中では迷いがあった。

横山はこの情報を伝えようとも伝えないようにとも言っていない。もしそのことを明子に伝えても、今の病状の明子が港まで出掛け、ダイルスキーを見送るということは、到底不可能なことだった。それだけに伝えるのは、ダイルスキーが旅立った後の方が無難というのが、多分大人達の意見だったに違いない。

それでも忠雄は、そうした情報があるにも拘らず、ダイルスキーが旅立つことを明子に伝えないのは、罪悪のように思えてきた。

だから、母に連れられて明子の入院している病院を訪れるのは渡りに船だった。

病院には見舞い時間の始まる午後三時過ぎに着いた。

受付で身分を明らかにし、厳重なチェックの後に面会が許可される。原則として親族以外の面会は許可されない。当時の結核病棟は伝染を恐れ、厳重な監視の下に置かれていた。

受付が終り忠雄達が行こうとした時、母が警備服を着た男に呼び止められた。

「先日、御面会の方にお見舞いしたいと言ってロシア人が来ましてね、随分困りました。お断りしたんですが、それが執拗なんですよ。最後には、私達ともみ合いになり喧嘩になったんです」

警備員はそう言って顔をしかめた。

「何と言ってそのロシア人の方は来たんですか?」

「片言の日本語でしたから、彼の言っていることは十分には分からなかったんですが、何でも患者さんとは、婚約者の間柄であるようなことを言っていたんですね。でもね、私達はあんなロスケが患者さんと会って万一のことがあると困りますんで、お断りしたんです」

「それで、どうなりました？」

「乱闘まではいかなかったんですが、とにかく我々は彼の進行を防止し、最後はお引き取り頂きました」

「そんなことがあったんですか、ご迷惑をおかけしました」

母は警備員に何度も頭を下げると、忠雄を促して、明子の病室に急いだ。

ダイルスキーがここに来たのは、出国前の明子との最後の別れのつもりだったに違いなかった。それを阻まれた彼が、どんな気持でここを後にしたか、忠雄には哀れに思えた。

――どうして会わせてやらなかったのだ――

何か言うに言えない怒りにも似たものがこみ上げてきたが、忠雄にはどうにもならなかった。

病室に入ると明子は、ベッドの中で、目を閉じたまま、眠っているようにも見えたが、忠雄達二人が部屋に入ってきた気配を察したのか、目を開け、かすかに微笑んだ。

忠雄と一緒に極秘に病院を抜け出したのは、十八日前だった。その時と比べると、更に頬がこけ、透き通ったような蒼白い顔に、更なる衰弱が窺がえた。

「大丈夫？」

と母のミサが問うと、

「ええ、私大丈夫じゃないけれど、まだ死なないわ」

そう言って二人の顔を交合に見つめてきた。

ミサは、いつものように衣類や細々した備品交換にすぐに取りかかり、狭いベッドの周辺を動きはじめた。

「タダちゃん、来てくれたのね。有難うね」

有難うね、という言葉に力を込めたように言ったのは、多分、過日の忠雄に世話をかけたという御礼の意味が込められていることを忠雄は感じていた。

衰弱はしていたものの、今日の明子は、気分がいい、と言う。

その母と語る言葉の一つ一つが、ゆっくりと区切られたような話し振りで、病気と闘う人間のこの世への刻印を刻んでいるように思えた。

母が明子の主治医と話があると言うので病室を出たあと、忠雄は明子と二人だけになった。

——今を置いてこの話をする機会はない——

そう思い、忠雄が明子に向かって、

「お話があるんです」

と言うと、

「そう、じゃー、私の身体、起こして」

と言い、彼の手を両手で求めてきた。

手を取るだけではなかなか起き上がれないので、忠雄は明子を抱き上げるようにして身体を起こした。

拍子抜けするほど、明子の身体は軽かった。

傍らの丸椅子に忠雄が座ると、明子は鋭いと思える程の目だけを光らせて、彼を見つめてきた。

「これは横山さんから聞いた情報なんですが、明後日の午前中にダイルスキーさんがロシアに帰ることになっているそうです」

「えっ」

と一瞬驚きの表情を見せたものの、明子はすぐに取り乱すこともなく、大きく何度も頷き、

「そうだったんだ。知らせてくれて有難う」

そう言って、しばらく窓の外の風景に見入っていた。

何と言って慰めたらいいものか、忠雄はしばらく言葉も見つからなかった。

それでも考えた挙句、ようやく一つの思考に辿り着いた。

「僕、オネーチャンを高浜港に連れていくよ。出航の時間も凡その見当はついていると横山さんが言っていた。だから一緒に港まで行こう。石手川へ行った時だってうまくいったんだ。今度だってうまくいくよ」

忠雄の言葉を聞くと明子は彼の方を振り返り、

「有難うね。本当に有難う。私のことを本当に心配してくれるのは、タダちゃんだけよ」

そう言うと、両手で忠雄の手を握りしめた。

明子の手はあたたかかった。がその身体は、今にも崩れそうに脆く感じられた。

「私に近づいちゃ駄目よ、離れなさい」

はっと気付いたように、内に抱き込んだ忠雄の身体を引き離すと、明子は涙に濡れた目で忠雄を見つめてきた。

「……でもね、わたし、もう高浜へはいけない。こんな身体で行ったって、途中で倒れ皆に迷惑をかけることは自分でも分かっている。ダイルスキーとは、タダちゃんや横山さんのお陰で〝出合〟で会うことが出来たのだから、もういいの。それに……」

「それに？」

「ダイルスキーは一年以内に再来日して、わたしをペテルブルクへ連れていってくれることになっているんだから……」

明子がどこまでダイルスキーの再来日を信じているのかは不明だった。でも彼の言葉は少なくとも今の明子の心の支えになっていることは確かだった。

故国に帰還する捕虜のロシア人将校。

愛し合う恋人は、重い結核に感染し、病床にある。

あとから考えてみても、そうした二人に、輝かしい未来があるはずはなかった。

それを承知しながら、明子は、ダイルスキーの愛の言葉に、酔いたかったに違いない。

「分かった。じゃー、僕、オネーチャンの代りに、横山さんと一緒にダイルスキーを高浜で見送るよ」

「そうしてくれると嬉しいな」

潤んだ目で忠雄を見つめながら、明子はそう言った。

忠雄が持参した簪のことを思い出したのはこの時だった。鞄の中から青い花の形をした簪を取り出すと、それを明子の前に黙って差し出した。

「これは？」

「うん、土蔵の中で見つけたんだ。多分オネーチャンのものだと思って持ってきたんだ」

「そうだったの。どこでなくしたのかと一生懸命考えていたんだけれど……良かった、本当に良かった、有難うね」

明子は簪を受け取ると、じっと簪に見入っていた。

「これはね、亡くなった母の形見なの。私にとっては命にも代え難い大事なものなの」

そう言うと、簪を胸に抱きしめた。

簪は明子の胸で青い光を放ち、衰弱した明子の蒼白い顔を浮き上がらせているように忠雄には思えた。

だが次の瞬間、明子はどういうわけか、その簪を忠雄に押しつけるようにして返却してきた。そしていぶかる忠雄に向かって言った。

「私はダイルスキーの命の剣を彼から預りました。だから私も彼に命を預けなければなりません。あなたがダイルスキーを見送る時これを彼に渡して欲しいの」

「分かりました。必ずダイルスキーにこれを渡します」

忠雄がそう答えた時、廊下の方で音がして、母のミサが部屋に入ってきた。忠雄はあわてて簪を鞄の中に入れ、素知らぬ顔で母を迎えた。

病室を出る時、忠雄はベッドの明子に呼び止められた。急いで引き返すと、明子は忠雄に向かって絞り出すような声で言った。

「ダイルスキーに言って欲しいの。一言だけでいいの。百年後にお会いしましょう、とね」

はっとして忠雄は明子の顔を見たが、明子は既に目を閉じてベッドの中にいた。

「明子さん、あなたに何を言ったの？」

廊下に出ると母が聞いてきた。

「またお見舞いに来て欲しいって……」

咄嗟に出た嘘だった。

「でも、もう駄目。今日は荷物が多くて、ついあなたに来てもらったけれど、もう駄目、あなたに病気が感染したら大変だから……」

そう言うと、母はさっさと前に向かって足早に歩き出した。

（九）

ロシア国病院船モンゴリヤ号が松山の海の玄関高浜港に入港したのは、明治三十八年十二月四日の夕暮れ時で、翌朝午前中に残留負傷将卒三百八十五名を乗せてウラジオストックへ直行した。

乗船したのは城北バラック収容所（ポーツマス条約発行後、城北収容所となった）に残っていた傷病者で、重病者二十数名を除く総ての傷病者がこの時帰国した。

ダイルスキーの戦闘で負傷した大腿部と、心ない国粋主義者によって負った背中の傷はほとんど全快していたが、彼はこの時期バラック収容所に滞在しており、多くの負傷者と共に、モンゴリヤ号で日本を離れた。

無断で学校を休んだ忠雄と横山が私鉄で高浜港に到着したのは、船が出発する二時間前の八時過ぎで、多くの負傷者達は、既に乗船を終えていた。

乗船待ちの捕虜達のうち比較的軽症者の五十数名は、まだ待合室で待機していたが、その中にダイルスキーが居るのか居ないのか、横山は心配した。

関係者を含め多くの民間人達が見送りに来ていたが、警察官や軍関係者と思われる人々によって、一般人と捕虜達の接触は、既に遮断されていた。

「来るのが遅かったかもしれない」

横山は呟くようにそう言ったが、やがて知人らしい年配の軍人を見つけ、何か話し込んでいた。

「何とかなりそうだ。ダイルスキーはまだ乗船していない」

忠雄のところへ帰ってきた横山はそう言うや、その軍人に導かれ、桟橋の方に向かって歩きはじめた。忠雄も急いで後に続いた。

桟橋に通じる改札口でない細い個所を通り抜けて、捕虜達が待機していると思われる待合室の前で、軍人が足を止め、ここで待つように指示された。

待合室から出てきたダイルスキーは、ロシア海軍将校の白い制服に帯剣姿で現れ、忠雄達を認めると、両手をひろげ、大袈裟な身振りで二人を迎えた。

帰国の喜びが全身にあふれているような感じを受けた。

それでも彼は、すぐに忠雄に向かって、顔を引きしめ、

「アキコサン、ビョウキ、イカガデスカ」

と聞いてきた。

「まだ元気でありません」

忠雄がそう言うと、その時だけは顔を曇らせた。

もう時間がない。明子の意志を早く伝えなきゃー。あせればあせる程、言葉が出てこない。だから彼は持参した明子から預ってきた簪をいきなりダイルスキーに差し出し、

「これ、明子から預かってきました」

と言った。

最初はけげんな表情を見せて、手にとった簪を見つめているダイルスキーだったが、横山の説明でようやく大きく頷き、

「アキコニ、ヨロシク」

と言って青い簪に接吻の雨を降らせた。

「この簪は、明子の命です」

忠雄はようやくそう言って、明子の伝言をつたえた。

「アキコノ、イノチ」

ダイルスキーは、呟くようにそう言うと、更に簪に口づけを続けた。そして、

「ワタシノ、ジュウケンモ、ワタシノ、イノチデス、ジュウケントカンザシフタツガイノチデス、ツ

タエテクダサイ」

と言ったのだった。

「ダイルスキーが、それ以外に何か明子さんからの伝言がないか聞いているよ」

横山に促された時、忠雄の頭に、彼が明子の入院している病院を訪れた時のダイルスキーへの伝言が思い出された。

——百年後にお会いします——

この言葉が、明子のダイルスキーへの永遠の別れの言葉であることは、小学校六年生の忠雄にも分かっていた。分かっているだけにその言葉をダイルスキーに伝えるのがためらわれた。

でも結局、彼はその言葉をダイルスキーに伝えた。伝えることで何が起こるかは分からない。が、これが明子の意志であってみれば、伝えなければならない。そう思ったからである。

「明子の最後の言葉、お伝えします」

「サイゴノコトバ」

「はい、百年後にお会いしますです」

「ヒャクネンゴ？」

いぶかるダイルスキーに向かって横山がその意味をロシア語で伝えると、ダイルスキーは顔をしかめ、

「チガイマス、イチネンゴデス」

と、抗議するように言った。

ダイルスキーの横山を通しての説明は、一年後には必ず明子をペテルブルクへ連れていくため日本の松山を再び訪れる。そして明子がそれまでに、病気が全快することを祈っているというものだった。

そうこうしているうちに、先程の軍人がダイルスキーを呼びに来た。

「ダイルスキー、乗船の時間です」

促されてダイルスキーは、忠雄と横山に握手を求めた。

「アキコ、アイシテイマス、アキコ、アイシテイマス」

二人から離れていく時、ダイルスキーは何度も何度も同じ言葉を繰り返し、やがて、

「サヨナラ」

と言うと、待合室の方へ消えていった。

モンゴリヤ号は、定刻の十時、高浜港の岸壁を離れ、一路日本海をウラジオストックへ向かった。

総ての捕虜達の乗船が終ると、見送りの一般客も桟橋への入場を許され、離れていく船を見送った。

船が岸壁を離れる時、甲板で手を振るダイルスキーの姿が認められた。

ダイルスキーが何かを叫んでいる。が忠雄達には何を叫んでいるのか分からない。ただ「アキコー」という言葉だけは、風に乗って切れ切れに聞こえてきた。

（十）

明治三十七年二月十日、日本がロシアに宣戦布告して以来、翌三十八年九月五日ポーツマス条約が日本とロシアの間に結ばれ、その年の十一月にロシア捕虜の帰還が始まるまで、記録では七万一千九百四十七名のロシア将兵が日本国内の収容所に拘束されていた。

ポーツマス条約締結以降、捕虜達は随時帰国の途についたが、松山の収容所に居た捕虜達二千百六十三名も十一月以降順次松山から離れ帰国していった。

記録（『マツヤマの記憶』松山大学編、成文社）によると、松山から総ての捕虜が去っていったのは、明治三十九年二月十六日という。

将校三十二名、兵卒二十八名、合計六十名の捕虜達が、汽船豊浦丸に乗り高浜港を午後六時三十分出帆とある。

松山では寺院、公共施設、民有建物を含め総計三十一の収容施設が、順次閉鎖され、明治三十九年二月二十日をもって、総ての収容所は閉鎖された。

松山の収容所に於ける捕虜の人数は、常に二千名を超えるものであったが、他の収容所への出入りの人数を換算すると、優に一万名は超えたと伝えられる。

捕虜達が去ったあとの松山の街は、急に火が消えたように静かになった。無理もない。当時松山市の推定人口は、県庁の所在地とはいえ、五、六万人位と推定されるから、捕虜達の去った松山は、経済的にも大幅に購買力を失い、幾分活気も失われたと思われる。

捕虜達の自由散歩制度が導入された以降、松山の街は、多くの捕虜達が闊歩した。商店街は活気づき、ロシア人向けの酒や食品を売る店が、メイン通りの湊町通りに並んだ。

捕虜達の多くは、監視付きとはいえ、海水浴のため、三津、高浜、梅津寺を訪れたり、遊浴のため石手川堤防出合近辺、買物のため商店街、そして道後温泉にも遊んだ。

特に道後温泉には、多くの捕虜が訪れ、本館を借り切ったり、近くの料理屋への出入りをしたりして、ひとときの慰めとした。

こうした捕虜達の自由も、多分慰めの域は出なかったと推定される。自由と言っても、捕虜の身分であることに変りはなく、心の中では、屈辱と故国への望郷の念から解放されることはなかったに違いない。

松山を発つ捕虜達の顔は、喜びに輝き、喜色満面だったと伝えられる。

ダイルスキーもまた、明子への想いを残したとはいえ、高浜港を発つ時の喜びの顔を、忠雄は忘れてはいなかった。

ダイルスキーは明治三十八年十二月、松山から去ったが、その後明子に便りはなかった。

故国へ帰れば、必ず明子に便りを送り続けるという彼の約束は結局果されなかった。

当時のロシア首都、ペテルブルクへ帰国したと思われるダイルスキーの所在も不明であってみれば、こちらから連絡するすべもなかった。

明子は正月になっても、病院から実家に帰ることはなかった。

病状は一進一退だったが、そうした中でも、少しずつ衰弱している様子が、病院を訪れる母の言葉の中から窺がえた。

忠雄はダイルスキーの見送りの報告に明子の病院を訪れたかったのだが、その機会はなかなか訪れなかった。

明子のいない正月は寂しかった。

いよいよ三月からは中学校へ進学しなければならない。松山中学校は難関である。にも拘らず、受験勉強にも力が入らなかった。

正月の三日、同級生の岡山淳平が遊びに来た。

忠雄は岡山にだけは総てを話すことにしていた。だから暮れに明子の依頼でダイルスキーを見送った話も打ち明けた。

「そりゃーお前、叔母さんにそのことを早く知らせんといかんぞな」

「分かっとる。けど、チャンスがないんじゃや」

「やっぱし、横山さんに相談した方がええよ」

横山には、ダイルスキーを見送った日以降会ってはいない。彼もその後、捕虜達の出国に関連して、通訳として多忙な日々を送っていた。だから何回か自宅を訪れてみたが、不在だった。

「そうか、やはりそれしかないよな」

「そうじゃよ、でもな、お前叔母さんのこと、どう思ってるの？」

「どーにも」

忠雄がそう答えると、岡山が声もなく笑った。

「何じゃよ、何を笑《わろ》とるんじゃや。言えよ」

「じゃー言うよ。お前叔母さんにほれとるんじゃないのか」

「ほれとる？」

「そうじゃ、ほれとる」

岡山からそう言われると、何か無性に腹が立ってきた。

「馬鹿なことを言いおって……」

そう言うと、いきなり淳平の胸ぐらをつかんでいた。

「図星じゃな、本当のことを言われるのが嫌なんじゃな」

岡山の言葉に忠雄は遂にかっとなり、その小柄な体に組みついていった。

乱闘はすぐに終った。

その日は気まずいままに岡山と別れたが、岡山の（……お前叔母さんにほれとるんじゃないのか）という言葉が、いつまでも忠雄の頭に残った。

三月に入って間もなく松山中学校の入学試験があり、忠雄は岡山共々合格を果した。

その報告もあり、忠雄は母に病院に明子を見舞いたい旨を申し入れたが、母は許可してくれなかった。というのも、明子の病状は大人達が予想した通り、いい方向には向かわなかった。むしろ、深刻な状態になっていた。

忠雄に病気が伝染することを恐れて、そういう深刻な症状の明子への見舞いは、この時点で既に禁じられていた。

が、忠雄はどうしても明子に会いたかった。

三月の半ばのある晴れた日、忠雄は横山に連れられて、病院に明子を訪ねた。

二人が病院に明子を見舞うことができたのは、横山が、看護婦の寄宿舎に明子が残した私物を届けるという大義名分があったからである。

病室の明子に会った時、以前の明子とは違う別人のような衰弱振りに、忠雄は衝撃を受けた。

それでも明子の絞り出すような声は、はっきりとしていた。

「見舞いに来てくれて有難う」

明子は二人に向かってそう言い、蒲団の中から細い手を差し出してきた。忠雄がその手を握ると、まるで冷たいローソクを握っているような感じがした。

ここで初めて二人は、凡そ三か月前にダイルスキーを高浜港に見送った日の話をした。

ダイルスキーとの別れに際して「ヒャクネンゴニオアイシマス」という明子の言葉を忠雄が伝達した時、彼は顔をしかめ、「チガイマス、イチネンゴデス」と抗議するように言ったことを明子に伝えると、明子は蒲団で顔を覆って泣いた。

でも実家の住所を知らせたにも拘らず、ダイルスキーが去って三か月余りが経つというのに、彼からの手紙は届いていない。

本当は今日、もしダイルスキーからの手紙が届いていれば持参したかったのにそれは叶わなかった。

そのことを明子に告げると、

「いいのよ、私達は百年後に会えるんだから……」

そう言って寂しそうに微笑んだ。

でもこの時の明子の本心は、多分複雑な思いであったに違いない。

明子は期待していない口振りだが、本当のところは、ダイルスキーからの便りを心待ちにしていたし、彼が一年後に、明子を迎えに来るという約束が果されることを期待していたかもしれない。

明子の病気はその後、一進一退を続けながらも、その年の十二月まで命を永らえた。医者に言わせると、それは奇跡的な生命力という言葉になる。

それも病死という終焉ではなかった。

師走の寒風の吹く日だった。

彼女は真夜中監視の目をくぐり抜け、院内にある松林の中に、最後の力を振り絞り入っていった。

松林の中で明子の縊死死体が発見されたのは、翌朝の十二月五日。まだ数えの二十一歳の若さだった。その日は奇しくもダイルスキーが一年前に松山から故国に帰る日に当たっていた。

明子がこの日を意図して自分の命を終える日に選んだかどうかは分からない。

だがこの時点で、ダイルスキーとの連絡は全く途絶え、一年後に明子を迎えに来るという約束も反古にされていた。

そのことを考えると、その後、忠雄は、明子がこの日に自らの死を選んだのは、全くの偶然でない様な気がした。

その後ダイルスキーの噂は、十数年経って忠雄の耳にも届いた。

松山のロシア人墓地を訪れた遺族の一人が、大林寺の住職に出会った時、彼の噂を話し、勇一郎がそれを伝え聞いたからである。

ダイルスキーが、ペテルブルク郊外の地主の倅であることは既に述べた。

その後のロシア革命のことを考えるとき、彼は王族派に属する階級だったにも拘らず、十数年後、革命軍に身を投じ、内戦の中で戦死したと伝えられた。

平和を愛し、戦争を憎み、自らは牧畜業を起こし、明子を迎えようと彼女に語っていたダイルスキーは、どうやらそれとは違う人生を送ったようである。


話は元にかえる。

忠雄にとって、横山と明子を見舞ったあの三月の晴れたあの日が、明子との最後の別れとなった。

忠雄が松山中学校への合格を報告した時、明子はひどく喜んでくれた。だがその後で、

「増井の家を継ぐことを忘れないでね」

としっかり伝えることを忘れなかった。

増井の家を継ぐということは、父の勇一郎が営んでいる薬問屋の継承者になるということだった。

それは必ずしても忠雄にとって心はずむものではなかった。

出来れば兄のように軍人になって栄光の道を進みたい。だがここでは、明子の言うことに頷くしかなかった。

病室を去る時、明子が目で忠雄を呼んだ。

明子が忠雄の耳元でかみしめるように言ったこの時の会話が忠雄が知る明子の最後の言葉となった。

「あなた、私が銃剣のことであなたにお願いしたこと覚えている?」

「うん、覚えている」

「あの銃剣を百年後に私のお墓に確かに還してね」

「分かっている。多分百年後僕も生きてはいないと思うけど、必ず僕の子供や孫が、それを果してくれると思う」

「良かった。あなたが覚えてくれていて。それを聞いて安心した。きっとお願いね。じゃー元気で頑張ってね」

明子はそう言うと、静かに目を閉じた。

ダイルスキーとの現世での縁は既に途絶えていた。だが銃剣のことを言う明子は、この時もなお、彼への愛が途絶えてはいなかった。

銃剣は俺の命だと言ってダイルスキーは明子に銃剣を預けた。その時己の魂は銃剣を通して百年後に甦り、二人は再会を果し、永劫に結ばれると言って去っていった。

その再会を果すためには、百年後、明子の墓にそれを還す必要があった。その役割を果すのが自分の役目だと、この時忠雄は自分に何度も言い聞かせた。

病室を出る時、明子はまだ目を閉じたままだった。その蒼白い顔に僅かな赤味がさしたと感じたのは、忠雄の錯覚だったかもしれない。

明子が亡くなった時、母のイトは既に亡くなっていたし、父の常助はまだ七十歳にはなってはいない年齢だったが、認知症にかかり、ほとんど寝たり起きたりの生活が続いていた。

だから明子の死さえも、ほとんど理解できない有様だった。しかし元気な時に遺言書をのこしていた。それによると当然のことながら、すべての増井家の財産は、一人息子の勇一郎にゆだねる旨のことが記載されていた。そして遺書の後のところに記載されていた項目の一つに、明子を本家の墓に葬ることを許可しない旨の記載があった。

常助にとって明子は、生涯の不肖の娘だったのである。

忠雄はその後、松山中学を二年で退学し、大阪の薬学校に入学した。卒業と同時に国家試験に合格、はれて薬剤師となった。

明子との約束通り、彼は軍人への道を進まず、勇一郎の後継者として増井家の薬問屋を背負うことになった。

通訳の横山はその後中国大陸に渡り、満洲の開墾団で、その姿を見かけた人がいたという情報が忠雄の耳に入ったが、その後の消息は不明だった。

岡山老人の話は、ここで終った。

（十一）

平成十八年十二月、増井洸介は一人故郷松山に赴き、増井家の菩提寺浄福寺を訪れた。

この時彼の手には、あの銃剣がしっかりと握られていた。

銃剣はながい間洸介の手許にあったが、遂にそれを明子の墓に還す日が来たのだった。

明治三十九年十二月五日。

この日が父忠雄の叔母、明子の命日だった。

明子の死から既に足かけ百年の歳月が流れていた。

父忠雄にこの銃剣を明子の墓に、彼女が亡くなってから百年後に還す約束をした時、洸介はまだ三十七歳だった。が、百年後と言えば、洸介も既に七十一歳になっているはずだった。

万一その間に洸介が病気か事故で倒れれば、父忠雄の遺志を果すことはできない。

だから洸介は万一のことに備えて、長男の敬介にその話のあらましを伝えてあった。

中堅の商社に勤務する敬介は、ながく家族共々アメリカに駐在員として派遣されていてなかなか帰ってこなかった。ようやく戻って、数年間日本に滞在していたが、今度は南米ブラジルに赴き現在もその地にいる。

洸介が敬介に銃剣の話をしたのは、彼が日本に帰ってきた時のことである。

「そんな話、信じられないよ」

話を聞き終った敬介はそう言って、まるで奇異な動物を見た時のような顔で、洸介を見つめてきた。

それでも最後は、「分かったよ」とは言った。が、どこか頼りない返事だった。

だから洸介は、床の間に置かれた銃剣を持ってきて、

「これが、今話に出てきた銃剣だ。よく見ておいてくれ」

と言って敬介の前に差し出した。

銃剣を受け取った敬介は、その白い柄に手を掛けると、天に向かって抜き放ち、それに見入った。

剣は洸介が専門の研ぎやに何年かに一度出しているので、その光沢を失ってはいない。

「親爺、これは相当価値のあるしろものだよな、時価にしてどの位の値がつくかな」

いきなり敬介が発した言葉は、剣の価値を見定めるだけのものだった。

——俺は何が何でも生きねばならぬ——

洸介は心の中で、この時自らに誓った。

五年前一度だけ、洸介は自らの命を危うんだ時があった。

あの日の朝、腹痛で目覚めた。

尋常な痛さではない。

勤務先の学校にはその旨告げ、すぐに総合病院に急いだ。

検査の結果、腸閉塞と診断され、即入院を告げられた。

「手当てしなきゃー、あんた死ぬよ」

意地悪そうな中年の医師にそう言われ、腹が立ったが、是非もなかった。

二日後に手術、完治までに凡そ一か月かかった。その間、命の危うさを思い、人はいつ死ぬかもしれない存在であると自覚した。

入院のベッドのなかで、銃剣のことが頭をかすめた。

――父忠雄のためにも俺は生きて、銃剣を明子の墓に必ず自分の手で納めなければならない――そう思うと、腹の底から何かあついものがこみ上げてくるのだった。

幸い腸閉塞は完治したものの、いつ自分の身に何が起こるかも知れないという危機感は、その後もずっと続いていた。

父忠雄は亡くなる前に散歩の途中、よく浄福寺に立ち寄り、明子の墓の前で泣いていたという。雨の日に浄福寺の老僧は、明子の墓に抱きつき、濡れねずみになりながらも泣いていた父の姿を目撃した。

不可解な父の行動ではあったが、父の親友岡山淳平から、父と明子とのつながりや経緯の詳細を聞いてからは、生前の父の気持が分かるような気がした。

墓の周辺の木々もすっかり葉を落とし、冬枯れの風景が墓地一帯に広がっていた。空は灰色の雲で覆われ、今にも雨が降り出しそうだった。天気予報では午後から雪との情報が洸介の耳にも届いていた。

昨日から洸介は埼玉の地から故郷松山を訪れ繁華街、大街道に近いホテルに宿泊していた。

浄福寺の住職からは、既に明子の墓に銃剣を納めることについての了承を得、その準備も終っている旨の連絡を受け取っていた。従ってこの予定を変更することはできなかった。

納剣に立ち合うのは、洸介と岡山淳平の一人娘正子の二人だけだった。

本当は妻も納剣の儀には洸介と一緒に参加することになっていたのだが、四年前に乳がんのため他界していた。

岡山淳平は忠雄の死後三年が経過した夏の日、心筋梗塞のため亡くなった。

岡山には弁護士をしている一人娘がいて、ずっと独身で岡山が亡くなる迄一緒に暮らしていた。

正子は岡山から忠雄と叔母明子との間に交された約束事の話を聞き興味を抱いたという。

洸介がその正子と初めて出会ったのは、岡山老人の葬儀に出席したときだった。まだ四十歳にならぬ位の年齢だったと思うが、面長の整った顔立ちの女性で、葬儀を一人で取り仕切っているような気配があった。

——男みたいな勝気な奴で、結婚もせず困っているんですよ——

生前岡山が洸介にふと漏らした言葉である。

岡山と娘の間にどんな話があったかは知らない。洸介が松山に発つ一週間位前に、突然その正子から彼の許に電話が入った。

洸介より二、三歳は年長のはずだから七十歳半ばになっていると思われる。にも拘らず、電話の声には張りがあった。

「……父の遺志がありますので、私もその納剣の儀に立ち合わせて頂きたいのですが……」

この申し出を洸介は快く受けた。

父忠雄を最も知る岡山淳平の娘とあらば、これもまた何かの縁というものである。

浄福寺にタクシーで正子がやってきたのは、納剣の儀が始まる一時間前の二時頃だった。

松山空港からタクシーで直行してきたという正子は、想像以上に若々しかった。色艶もよく、最初から多弁だった。

迎えた洸介とは凡そ三十年振りの対面だった。彼は正子を寺の母屋の座敷で待つ住職のところへ連れていき、三人でお茶を飲みながら、昔話に花を咲かせた。

住職は既に二代目で、洸介がよく知る老僧は、勿論他界していた。二代目と言っても、洸介よりもたしか五、六歳下だから六十半ばのはずだった。

生前の老僧のことも洸介は話題にし、彼が父忠雄の明子の墓への執着を語ってくれたことを二代目に伝えた。

「父から聞いていましたよ。お父様が雨の日、明子様の墓に抱きつかれ、濡れねずみになりながら泣いていらしたことを……」

「そうでしたか」

「愛というものは不滅の力を持つものだと、私はつくづく思いましたね」

「父の叔母明子さんと、ダイルスキーも、今日の銃剣を墓に納めることによって再会し永遠に結ばれることになるでしょう。これで私も父忠雄との約束を果すことになる」

「孝行なことで……」

二代目はそういうと、ちょっと天井を仰ぐように見つめた。

「ところで父は生前、何故息子である私に銃剣にまつわる本当の話をしてくれなかったのでしょうか。私には今も分かりませんねー」

「私には分かりますよ」

今迄黙って話を聞いていた正子がここで口を挟んだ。

住職と洸介はほとんど一緒にに正子を見つめた。

「それはお父様に羞恥心があったからでしょう」

「羞恥心？」

「そうです。羞恥の心です。つまるところ、お父様は、叔母である明子様を愛してしまったということでしょう。だからそのことを誰にもおっしゃらなかった」

「でも当時父は、小学校六年生位だったわけですから、大人が考えるような愛を叔母の明子さんに抱いていたとも思えませんが……」

「違いますね。わたしね、思うんですけれど、その十一歳とか十二歳とかの年齢に抱いた愛こそが最も純粋で深いものだと思うんです」

「ほう」

「もうこの年齢だから恥を忍んで申し上げますが、私も小学校の頃好きな男の子がいて、その子のことばかり考えていたことがありました。中学校の時、思い切って彼に愛を告白したんです」

「そうしたら？」

「真赤な顔をして下を向いたきり、返事が返ってきませんでした」

「何と言ったんです？」

「君が好きだから私と付き合って下さいとね」

「随分勇気のある女学生だったんですね。それで結末はどうなりました？」

「彼は大学生の時交通事故で亡くなりました。高校生になってからもモーションをかけていたんですが、シャイな人で、なかなか私に振り向いてはくれませんでした。彼の死の知らせを聞いた時、私……一晩中泣きあかしました。耐えられない程の哀しみでしたから」

「それからどうなりました？」

「それだけのことです。でもね、それ以降も私の心には何年経っても彼が棲み続け、こんな年齢になっても私の心の支えなんです。だから、お父様の叔母様への気持、痛い程分かるんです」

この岡山淳平の娘正子という女性も、随分変り者のように思える。

そこら辺りにころがっているような昔話の幼き日に見染めた男に執着し、七十歳半ばと思える年齢の今日まで思い続けている。馬鹿がつく純情と一言で片づけてしまうのは簡単だが、彼女の真剣な語り口には真実がこもっているように思える。

もしかすると、彼女が今日まで独身を押し通したのも、幼き日の男への思いが断ち切れなかったことが原因かもしれない。

ながく弁護士としての経歴を持ち、父淳平の死を見送り、ひとりで生きてきた女の中では、若き日に亡くなった男との夢が途切れることなく生き続けてきた不思議さもまた、洸介には、正子の話を聞いていくうちに、納得できるものとなっていた。

住職、正子、洸介の三人が母屋から外に出ると、まだ午後の三時を過ぎたばかりだというのに、辺りは黒い雲で覆われ、隣接する墓地一帯は、まるで夕暮れ時のように暗かった。

洸介は銃剣を両手で抱くようにして、明子が眠る墓に急いだ。

明子の墓は既に墓石がはずされていて、年配の男と、もう一人若い男が洸介達を待っていた。

住職がまず墓の前で経文を唱え、念仏に移って間もなく、洸介に目で合図をしてきたので、洸介は進み出て墓石を取り除いたあとの墓穴を覗き込んだ。穴の内部は想像よりも狭く、明子の骨壷らしきものは見つからなかった。ただ一か所土の盛り上った部分があり、それが遺骨の痕跡のように思えたが、それとても不確かなものだった。

人は最後には土と化す、とよく言うが、正にその通りで、明子は既に見分けることも出来ない土と化していた。

洸介は持参した銃剣を袋から取り出すと、一度頭上に捧げ持ち、ゆっくりとそれを、土の盛り上った中央の箇所に降ろして置いた。

銃剣は墓穴に外から射す薄い光の中で、柄と鞘の部分だけが異様と思われる程の輝きを見せていた。

洸介がその場で合掌したまま、十念を唱えると、住職の念仏の声が一段と高くなった。

洸介はこの時、写真の中で勇一郎と共に映っていた女学校時代のきものに袴の明子の姿が、突然写真から飛び出してきて、語りかけてくるような錯覚を覚えた。

「よろしいでしょうか?」

傍らの年配の男から促され、洸介はようやくそこから離れた。

洸介が退くと二人の男達は、傍らの墓石を手際よく元の位置に戻した。

不意に風が立った。空を見上げると風に乗って雲が速い速度で動いていた。辺りはもう夜のような暗さだった。

冷気が一度に押し寄せ、身震いするほどの寒さとなった。

洸介と正子は墓の前に並んで立ち、住職がさらに一歩出て、再び経文を唱えはじめた。洸介は薄闇の中で合掌し、心の中の父に向かって語りかけていた。

――オヤジ、約束は果したぞ。これでいいんだろう?――

問いかけてみたが、脳裏に映る父忠雄の顔には微笑みがなく、あのこむずかしい生前のままの顔で、まなざしで見つめていた。

明治三十九年十二月五日。

それが明子の命日で、今日でちょうど百年目だ。

銃剣をこの墓に納めたことで、明子がダイルスキーと彼岸で再会し、結ばれるという明子が願った伝説のような話は、洸介には信じ難い。

それよりも、明子の意志を生涯胸に秘め、その意志を実現するため、命絶える直前に、長子である洸介にそれを託した父忠雄の気持があわれに思えた。

今洸介が見つめる明子の墓の墓石を、降りしきる雨の中で濡れねずみになりながら抱きしめていた父忠雄の姿が、不意に脳裏に浮かんだ。

その姿は、普段笑顔など見せたこともない厳格な父を見てきた洸介には、想像も及ばぬものだった。が、今は違う。

墓石を抱いている父忠雄の姿こそが、本当の父のような気がする。

雨が降り始めた。

そして、ほどなくみぞれになって、辺りの木々にはね返り、音をたてた。

それでも住職は経文を唱えることをやめなかった。

みぞれが墓石を打ち、周辺に水が流れた。

父忠雄の雨に濡れて、墓に抱きつく姿が再び脳裏に浮かんだとき、洸介の胸に哀しみが一気にこみ上げてきた。

「オヤジーオヤジー」

思わず声を上げ、墓に向かって突進した。

気が付くと、墓石をしっかり抱いている自分がそこにいた。

白いものが自分の頭の上にふわふわと降りかかってくるのが分かったが、それが雪と分かる迄には時間がかかった。

――オヤジ雨に濡れると身体に毒だよ、帰ろうよ――

心の中で叫んでいた。

いつしか経文を唱える声はやんでいた。

「明子様の法要はこれで滞りなく終了致しました。雪も大分降ってきたようですので、母屋の方に引き揚げることにいたしましょう」

住職に促され洸介が立ち上がった時、辺りが急に闇になり、天上の一点に稲妻が走ったと見るや、轟音が辺りにとどろき、近くの落雷を知らせた。

洸介が思わずその場に尻もちをついて、天上を見上げた時、西の空の方向で光を真一文字に刻む稲妻を見た。そして墓の辺りから白いものが、その方向に向かって、ふわりと浮いた。

「あれは何だ」

洸介は思わず叫んだ。

洸介の目には、幕のような白い画面に何か男女のすっくと立ち上がった姿に見えた。しかし、その物体はあっという間に闇に消えた。

――あれは明子とダイルスキーの魂ではなかったか――

その後その時のことを思い起こす度に、洸介はそう考えた。

気が付くと、正子が手を差しのべてくれていた。洸介はその手にすがって、ようやく立ち上がり、その手を借りながら、母屋に向かって住職のあとを歩き始めた。

途中で一度立ち止まり墓の方を振り返り、もう一度心の中で呟いた。

「オヤジ、これでいいんだろう」

初めて父忠雄が笑った。

終り

この小説は史実、事実を参考にしたフィクションです。

編集部註／本作品に差別用語として、本来使用を避けるべき表現がありますが、作品のテーマを尊重し、時代性を忠実に再現する意味で、敢えて使用しています。

【参考文献】

「マツヤマの記憶」日露戦争百年とロシア兵捕虜　松山大学編　成文社
「松山捕虜収容所日記」Ｆ・クプチンスキー著、中央公論社　――ロシア将校の見た明治日本――

律子の簪《かんざし》

平成十三年の夏、私は四年振りに故郷松山を訪れた。

三月に東京の私立大学の教職を六十五歳の停年で退き、ようやく自由の身になったので、この際、不義理している親戚や友人達との旧交を温めたり、両親の墓参りなどを兼ねての旅だった。

とは言うものの、本当のところは、自らの孤独感からの解放が、帰郷の目的だったかもしれない。大学では、専門の哲学の講座を持ち、フランス語も教えてきた。実存主義の哲学では、キルケゴールやサルトルの研究で、それなりの研究成果も残したつもりである。

しかし、こうした学問も、教室や机上での研究から一歩も出るものではなかった。

女房の高子にも、七年前に先立たれている。一人息子の有一も商社に勤務しているが、今は家族と共にアメリカに住んでいる。

文字通り独り身になってみると、予想していたとは言え、孤独感は強い。

唯、退職後一つだけ実感したことがある。それは、人間は立ち止まってはいけないということだった。

悠々自適などというのは、言葉では存在しても、実際にはないのである。人間は唯、何かに向って進むだけなのである。死ぬまで立ち止まってはいけないのだ。
そういう気持が、大学を退職して四箇月経って、私を故郷松山に向わせたのだった。

松山に来て三日目、私は市内の繁華街に近いホテルを出て、道後温泉近くの今は亡き大学時代の親友、元木章夫の家に向った。

ホテル前の大通りは、昔ながらの市内電車が軌道上を走っていたので、私はそれに乗って行くことにした。

停留所で道後行の電車を待っていると、突然、「ボーボー」という奇声にも似た音がして、噂で聞いていた坊っちゃん列車というのが入って来た。

派手な濃いグリーンの車体は、夏目漱石の小説「坊っちゃん」の舞台となった当時の列車を再現したもので、市内観光の目玉になっていると聞いてはいた。

しかし私には、坊っちゃん列車をやり過ごしながら、平成の街並に、不意に明治が入り込んできたような違和感を覚えた。

私は次に入って来た普通電車に乗って、元木の未亡人が住む南町に向った。窓から見える故郷松山の街並は、何の変哲もない風景だったが、私には移り行く夢の跡のように映った。

以前は南町と呼んでいて現在は県民文化会館前となっている停留所に降り立つ。以前にあった農事試験場の緑の風景は、すっかり取り払われていて、あとには白亜の県民文化会館の殿堂がそびえ、道路を隔てた反対側の街並は、午後の強い光の中で燃えているように見えた。

五年前の夏の今頃、私はこの同じ位置に立っていた。そこにはこの通りまで私を迎えに出て、声もなく手を挙げる元木章夫の姿があった。

通りを渡り、郵便局の角を曲がって、元木の家に通じる道すじは、いつ来ても、不思議なときめきがあった。

地元の大学に通っていた時代、この道を辿るとき、私は元木章夫よりも、彼の妹の律子に会えるのを期待していた。

その頃の律子は、まだ市内のミッションスクールに通う高校生だった。

黒っぽいセーラー服を着た丸顔の白い輪郭の少女を、私は今も思い起こすことがある。

この頃私の元木家への出入りは、頻繁だったが、特に暮の大晦日になると、地元の同じ大学の友人達と、元木の家に入り浸り、餅つきを手伝ったり、カルタ取りに興じたりした。

そんなときも、私はいつも輪の中に居た律子が気になって仕方がなかった。

今、元木の家に案内してくれる章夫はいない。彼は五年前の夏、私と出会った翌年の正月、心筋梗塞で倒れ帰らぬ人となった。地元の市役所を停年退職になった還暦の年だった。

友に死なれて見ると、五年前に出会った日のことが、あらためてよみがえってきた。

その日私は元木に案内されて、護国神社の参道わきにある蕎麦屋で、あんこうの天ぷらとざる蕎麦を彼からご馳走になった。ビールを飲みながら十数年振りの歓談をしたのだが、私はこのとき、十数年来ずっと疑問に思っていることを口にした。

「律子ちゃんはどうしてあのとき、俺のところに嫁に来てくれなかったのだろうか」

この言葉は、私の心の中では、四十年近い歳月の中で何度も繰返された言葉だったが、本当に口にしたのは、このときが初めてだった。私のこの言葉を聞くと、元木はぐっと咽にものがつまったような表情をしたまま、しばらく声もなく私を見つめていた。

昭和三十七年の正月、当時、東京の小さな出版会社に勤務していた私は、ようやく生活のめどが立ったので、結婚を前提とした見合いのため帰郷した。

学者への道を志す以前のことである。

それまでに付き合っていた女性もいたし、勧められて何度か見合いも重ねたが、結局これという人の出会いもなかった。

帰郷は文字通り両親が段取りした見合いのためだったが、私自身は最初から元木律子をめざしていた。元木律子は当時、地元の短大の音楽コースを卒業し、市内の楽器店で働いていた。以前に私が上京するとき、私は兄の元木章夫に、そういう時期になれば、俺はお前の妹をもらいに来るぞ、と宣言していた。私はやはり律子の白いあの横顔が忘れられなかった。

「時期が来たので、律子さんをもらいに来たぞ」

昼休みの市役所の食堂の片隅で、元木と向い合ったとき、私はいきなりこう切り出した。元木はやはり予想した通り慎重だった。たとえ妹とはいえ、「意志があるのだから確かめないとな」と言ったあとで、「唯、妹は松山が好きじゃけん、離れられるじゃろか」と幾分消極的とも思える言葉を口にした。それでも私の強い視線を感じたのか、「石田君の人柄もわかっとるし、あとは本人次第と思うけど……」と言葉を濁した。私は元木の表情から、釈然としないものを感じてはいた。

それでも帰郷中、元木の口添えで、律子と一度だけデートをした。

その日、水路の澄んだ水の流れに沿った道を私は律子と並んで、元木の家からさほど離れていない四国八十八ヶ所の一つ、〝石手寺〟へ向って歩いて行った。正月の三日ということで、律子は赤い花模様の晴れ着姿だった。

寺の境内はまだ初詣らしい家族連れなどもいて、予想以上に賑わっていた。そんな中で、律子の長身の華やいだ姿は、ひときわ際立っていて、行き交う人の中には振り返ってその姿を見つめる人がいた。

律子は私との長いブランクがあったせいか、高校生の時と違って無口だった。私一人が一方的にしゃべった記憶がある。

寺の参拝を終えて、私達は再び同じ道を帰路に着いた。途中から彼女の家の方向には向わず、道後公園に通じる茂みのある道に律子を誘うと、彼女は黙って付いて来た。公園の中は寒々として、石手寺と違って人影はまばらだった。沼が目前にあるベンチに私達は座り、寒々とした蓮の葉を眺めた。

「兄ちゃんから話聞いてくれた？」

私の告白はそんな風に始まったような気がする。

律子は、はっとしたような表情で私を見たが、やがて見る見る白い顔に赤味がさし、うつむいた。

そのとき私は日本髪に結ったその髪にさした大きな薔薇の花を象った簪が目にとまった。

簪は、古い作りのように見えたが、不思議に光沢があって、律子の若さを際立たせていた。

私は東京での私の生活の話をし、私と一緒に来てほしいと懇願した。律子はうつむいたままうなずいてくれたが、しかし、承諾を示す仕草ではなかった。

「よく考えさせて下さい」

と律子は言った。

その声は緊張のためか、私には男の声のように濁って聞こえた。

私はその答えを聞くと、大きくうなずき、二日後に東京に帰るけれど、いい返事を待っているからね、と言いながら、律子の赤い簪にちょっと手を触れた。

律子はその気配を感じたのか、顔を上げ、悪戯ぽい顔をして私を見つめ、小さく笑った。

それから律子は、「この簪は私の血のつながる人から貰ったんです」と言った。「血のつながる人って親戚の人？」と聞くと「ええ」と律子はうなずき、「その人、正岡子規の縁につながる人なのよ」と言った。

この言葉を、私はこのとき、何でもないように聞いたのだが、これが後になって私の好奇心を掻き立て、ある調査へのエネルギーとなった。

律子が正岡子規の縁者の血を受けているということは、元木家が子規の縁につながると言うことになるが、私はこのときそのことを詮索するよりも、律子の私への気持を確かめることの方が先だった。

それから二人は律子の家の方に向って歩いて行った。公園から元木の家まで十分余りの距離だったが、その間私達はほとんど口をきかなかった。律子が私に好意を感じているという感触は得られなかったが、私はこのときもまだ、私の愛を受け入れてくれる律子を期待していた。

元木家の玄関先まで来たとき、心配そうな顔をして、そこに元木章夫が立っていた。私は何故か不安な気持にかられた。二階にある元木の部屋で、しばらく待っていると、階下から不意にピアノの調べが聞こえてきた。やがて私は二階に上がってきた元木に導かれて、ピアノが鳴っている階下の律子の部屋に入った。そこには顔を紅潮させてピアノに熱中する律子の姿があった。

「律子は君のために弾いているんだよ。聞いていってよね」

と傍らで元木が小さく呟くように言った。

それから部屋に入って来た元木の両親と元木と私の四人は、正座して律子が弾くピアノ旋律に聞き入った。

律子が最初に弾いていた曲は、私には難しくてよく分からなかったが、あれはもしかすると、「別れの曲」だったのかもしれない。

最後の方の曲は童謡のメドレーで、「故郷」の曲は、私の胸に染みた。「志を果していつの日にか帰らん」という個所は、東京で苦しかったとき、何度も口ずさんだものである。

ピアノを弾く律子の白い手がキーの上で魔法のように踊り、それはまるで私には、別の生きもののように見えた。

玄関までは元木家の家族が私を見送ってくれた。このとき律子が潤んだような目で私を見ていたと思ったのは、あるいは私の錯覚だったのかもしれない。

私の律子への求婚の返事の手紙は、私が東京に帰ってから一週間位経った頃、元木によってもたらされた。

『……妹はまだ二十一歳で、今、結婚する意志もないし、故郷の松山から離れたくないと言っている。

だから君の申し出はありがたいが、なかったことにしてほしい……』

元木の手紙にはそんな風に書かれていた。

律子が本当に私が好きなのか嫌いなのかには触れていない。そのことに私はこだわりを持ったが、律子が私の申し出を断わったことには間違いはなかった。私はあえてそれ以上のことを詮索しないことにした。そう決断すると、哀しみが込み上げてきた。もう故郷なんかに帰るものか、と何度も口の中で呟いた記憶が今も残っている。

元木との縁もそのことがあってから、二十年以上断たれていたが、二十数年振りに故郷松山で行われた高校時代のクラス会で再会したのを機会に、交友が復活した。還暦を迎える頃迄何度か、彼が出張で上京して来たときや、私が法事で松山に帰ったときなどに街で出会い、酒を酌み交わしたが、律子と私とのことが話題になることは一度もなかった。

お互いに家庭を持ち、生きることに必死だった。過去を振り返るゆとりさえもなかった時代だった。

その間に、律子の消息は聞いて知ってはいた。

律子はその後、二十五のとき地元の音楽教師と結婚し、二人の子供をもうけたこと。だが、夫が女をつくり離婚。まもなく彼女は交通事故で他界したことなどである。

まだ三十六歳の若さだった。

律子が不慮の事故で亡くなったことを聞いたとき、私は人の運命と無常を感じた。もし彼女が私と一緒になっていたら、彼女は私の側に今もいただろうか、私はときどき、そんなことを考えた。

最後に元木と会ったとき、つい、愚痴めいたことを言ってしまった。

——律ちゃんはどうして、俺のところに嫁に来てくれなかったのだろうか——

元木は表情を変え、声も無く私を見つめていた。

「昔はいろんなことがあったけど、そんなこともあったかねー」

それは私の質問の答えにはなっていなかった。

元木は明らかにその話を拒んでいた。

男と女の問題は、好き、嫌いで分けられるものではないという人もいるが、つきつめていけば、好きか嫌いかどちらかなのだ。

私は律子には嫌われたのだ。

今頃そんな話を持ち出すこともなかったのだ。

今は亡き律子も、そんな話に喜ぶ筈もなかろう。

私はこれ以上律子のことで元木と話しても仕方がないと思った。

しかし、元木に死なれてみると、彼の……「そんなこともあったかねー」……という言葉がことさら鮮やかに甦ってくる。

私が元木の家を訪ねるのは、元木が逝ってからこれで二度目だった。一度目は、元木が急死した翌年の夏であった。

暑い日で、未亡人の安子は、元木の仏壇の前で焼香する私の横に座っている間も泣き続けた。

元木はクラシック音楽が好きで、亡くなるその前日、大晦日の夜も、教育テレビの中に映る楽団の演奏に耳を傾けていた。

曲が終ると彼は傍らの細君の安子を振り返り、「いい曲だなー、天国に行ってもこんな曲聴けるのかなー」と何気なく言った。その何気なく言った言葉が、細君の耳にこびりついたまま離れない。元旦の朝、彼はほとんど、この世の人ではなかったとか。人が死ぬと言うことが、こんなにもあっけないものかと、細君は何度もくり返しくり返し言った。

今私の目前にいる細君の安子は、四年前の日とは違って大分落ち着いて見えた。夫の死から五年も経ってみれば、日々の生活があって、地元の銀行に勤める息子の世話と、家の整理に追われつつも、元木の居ない生活に慣れはじめた気配があった。

四年前に来たときと同じように、私はまず元木の眠る仏壇に焼香した。振り返ると、元木の細君が傍らのテーブルに、皿に盛った西瓜を置くところだった。

「暑い所来て頂いて有難うございます。元木もきっと、石田さんが来てくれたのを喜んでいると思います」

ちょっと涙を見せたのはそのときだけで、細君はそれからは終始、嫁いだ長女の居住する石川県への旅の話や、同居する一人息子の嫁の話などを明るい表情で語った。

ふくよかな白っぽいワンピース姿は、六十を幾つか出た年齢には見えない程に若やいで見えた。

「石田さん。主人の遺品を整理しているとき、面白いものを見つけたわよ」

不意に安子は何かを発見したように、私に向って悪戯ぽい表情で見つめてきた。

「あなたから律子ちゃんに送られたラブレターよ」

私はそのことの意味がしばらくのみ込めなかったが直ぐに思い当たった。

律子宛てに手紙を書いたのは、一通だけである。律子に求婚し、東京に帰って直ぐ歓迎してくれた元木と律子宛てに礼状を出した。律子には、別れるときに弾いてくれたピアノ演奏のお礼と、東京に一度遊びに来てほしい旨の誘いの手紙だったように思う。

そのことを安子に告げると、

「いいえそんなもんじゃないのよ。それもあるけどあれは立派な愛の告白よ、やさしい石田さんの人柄が、しのばれるわ。あんな素適な求婚文をもらったのに、律ちゃんはどうしてあなたの胸に飛び込んで行かなかったのかしら」

と浮いたような一オクターブ高い声で安子は言う。

それからその手紙を取りに立とうとしたのを、私は押しとどめた。四十年も前の自分の書いたラブレターに、多少の好奇心はあるものの、それ以上に今更、という気持の方が強かった。今更という気持には、四十年経ってもまだ癒えない痛みのようなものが私の中に残っていたからだった。

「律ちゃんも、石田さんのような人にもらってもらえば、あんな運命を辿らなくてもよかったのにねー」

安子はもう一度呟くように言った。

私はこのとき律子とデートした日、彼女の口から、自分が正岡子規の縁につながる人間であると縁者から聞かされた、と私に話してくれたのを思い出した。そのことを安子に告げると、意外だと言う風に私を見据え、「知っていたんですね」と言って話し始めた。

安子も詳しい話は聞いてなかったが、律子は本当は元木家の娘ではなく、貰い子で、間に入る人がいて、一歳になるかならないうちに元木家に養女として入り、章夫の妹として育てられたのだという。

「それでそのことは生前律子ちゃんは知っていたのですか」

「ええ、律ちゃんが高校に上がる頃に知ったようです。章夫に聞いたところによると、その頃産みの親と思われる女の人が現れて、彼女に接近し、元木家に隠れて彼女を道などで待ち伏せして、ものを与えていたりしたようです」

「それで、その女と正岡子規とが縁続きだったということでしょうか」

「詳しいことは私も分かりませんが、女の人が律ちゃんにそのようなことを言っていた、ということなんですね。元木の両親も、生前、その女の人のことは知らないと言っていたそうです。律ちゃんを連れて来たのは、寺町の和尚さんだったことは耳にしたことがあります」

「子規との縁は、どんな風に女の口から語られたのでしょうか」

「何でも律ちゃんには、女の人から、あなたの名前が律子となっているのは正岡子規の妹、律さんからとったもので、それが何よりの証拠だと言ったそうです」

「それじゃー律子ちゃんは、子規の妹、律の血筋に当たるということですよね」

「それは分かりません。その人がそう言ってたと言うだけですから……」

「その女性というのは、今生きていたとすれば、どの位の年齢なんでしょうか」

「そうですね、律ちゃんが生きていれば、もう六十。還暦の年ですから、その人が本当に律ちゃんの生みの親なら、九十歳位にはなっているのではないでしょうか」

私も若い頃、学者の道を進むまでは、出版社などを渡り歩き、もの書きをしてきた人間である。故郷の誇る俳人正岡子規関係の著書にも、目を通したことがある。それによれば、正岡子規の妹、律には、婚姻の過去はあるものの、彼女が子を成したという記録はない。もし彼女が子を成したとしても、それが元木律子との縁につながるという証拠はどこにもない。

そのとき私は突然、義兄、中堀祐一のある言葉を思い出した。七年前に私が帰郷したとき、彼が正岡子規の妹、律について調べていることを私に語ってくれた。それを思い出したのである。

私はこのとき、その筋から正岡子規の妹、律と、元木律子とのつながりを調べて見たいと言う誘惑にかられた。既に母の十三回忌法要は終えていたし、義理のあるところへの訪問も済んでいた。それに今は天涯孤独の身である。時間はある。

それは正に元木律子への鎮魂の意味を込めた調査になるはずだ。と意気ごんだものだ。

元木の家を出ると太陽は西の低い山の方に向って沈みかけていた。陽光は濃いみかん色の光となって、街の建物を染めていた。電車通りに出てから私はタクシーを拾って、義兄、中堀祐一の住む城西に向った。

七年ばかり前に仕事で帰郷したときである。私は仲間と別れてから、中堀夫婦の家に一泊したことがあった。そのとき義兄の祐一から、自分の祖先のことを今調査しているので、いずれ一冊の本にまとめたいが面倒をみてくれまいかとの相談を受けた。

義兄はながく県の厚生課に在職していたが、停年になり、今は悠々自適の生活を送っていた。

彼が自分の家のルーツを調べるきっかけになったのは、十年以上前に、彼が読んだ司馬遼太郎の『坂の上の雲』のあるページに目を止めたときだという。

『ほととぎす』というタイトルの中のあるページに、子規より三つ違いの妹、律の若き日のことが子規の目を通して書かれていた。

その中で「…この一月、縁があって（律は）おなじ旧家中の中堀家に嫁いだ」（『坂の上の雲』・司馬遼太郎著・文春文庫刊より引用）という一節があった。これはもしかすると、自分の祖先のところに子規の妹が嫁に来たのではないのかと彼は考えた。旧松山藩の中堀家と言えば、自分の家系しかないことを、義兄は承知していた。

義兄の家には、昭和二十年七月の松山大空襲の焼失から免れた祖先の系譜を記した巻物一巻と、その補足説明書とも言うべき『系図双書』と表記のある古文書の一対が残っている。で、系図を辿ってみたが、一門の中に正岡律と婚姻した者の記載はどこにもない。子規の妹、律が中堀家に嫁いだのは、明治二十年代初期の頃との想像はつくが、その頃、正岡律と婚姻したと思われる該当者は、その系譜にはなかったのである。

「司馬遼太郎も史実にもとづいて書いたのだろうから、どこかに子規の妹、律が嫁いだ男が居るはずなんだよな。だが『同じ家中』である松山藩の中には居ないような気がする。もしかするとこの律さんと結婚したのは、今治の本家筋の人ではないだろうかと思っとるんよ」

義兄はそう言い、近いうちに中堀本家筋の方を調べてみると約束したのだった。

中堀家は系譜によれば、徳島蜂須賀家の家臣で、縁組によりそのうちの一人が伊予、今治の松平氏に徒士として召抱えられ、今治中堀家の祖となった。更にそこから今治藩主の嫡男定直が親戚の松山四代藩主となったとき、その側近の一人に中堀氏の嫡男が側近の家臣として随行、ここから中堀家の松山分家が出来たことが、古文書からうかがえることを私は義兄から聞いた。

私はそのときのことを思い出し、義兄の中堀祐一を訪ね、その後の正岡律に関わる調査の進展を聞きたいと思った。

元木律子は果して正岡家と何処でつながっているものか、まずは上京する前の松山時代の正岡律のことを調べねばと思ったのだ。

城西の大宝寺口というところでタクシーを降り、私は右手の坂道を、姉と義兄、中堀祐一が住む家に向って登って行った。

西に沈んだ太陽の光は、低い山々の上にまだ光を残していたが、目に見えて薄い光に変わって行く。

家の呼鈴を押すと、奥から祐一の声がして、私を玄関に迎えてくれた。

「さっき洋子に電話が来たというので、待っとったんよ」

七年振りに見る義兄は、六十の還暦で停年になってから、十五年以上も経っているはずだったが、長い顔の色艶もよく、すごぶる元気だった。

義兄は既に私が望む用件を承知していて、直ぐに私を玄関の右手の畳の間に導いた。

「弘ちゃんねー。『坂の上の雲』に出て来る子規の妹、律と結婚した中堀家の男の名前わかったよ」

私が座るなり義兄は、いきなりそう言って私を見つめて来た。

「結論から言うと、やっこさん本家の〝中堀貞五郎〟という人物じゃった。『坂の上の雲』では『おなじ家中の中堀家』となっとるから、これはてっきり松山藩の中堀家と考え、自分の祖先と思い込んでしもうて、調査が行き詰っとったけど、本家筋を辿ると、この人物の名前が浮かんできたんよ」

「いやあ、それで本家筋と接触したん？」

「そう言うこと」

　中堀家の本家筋との接触は、祐一の祖母が元気だった明治中期頃まで続いていたと言うが、その後は途絶えていた。そこで祐一は今治にある本家の墓所〝幡勝寺〟を訪れ、住職から今は今治には中堀の家を継ぐ人はなく、各々が旅の人となっていると聞いた。その中心に居る人が中堀一郎氏という人物だった。問題の中堀貞五郎の長子で、奈良の女子大の教授を退官、今は八十を過ぎているが、健在だというのである。

「それじゃー兄貴のことだから奈良に行ったんじゃやな」

「そう言うことよ、関西の子供の家に行ったとき電話したら、直においでなさいや、と言うので出かけて行ったら大歓迎を受けたんよ。一郎氏はなかなか温厚な学者はだの人じゃった。早速持参した中堀家の系譜を先方のものと照合すると、系図双書も含めて全く一致したんよ。そのとき何とも言えん喜びが湧いてきて、二人で手を取り合って喜んだんじゃー」

「なる程、それは良かった。それでその一郎さんの父親である中堀貞五郎さんが、正岡子規の妹律さんと結婚したということについて、一郎さんは何か言っとんの？」

　私はここで始めて、私の一番聞きたいことを口にした。

「それが弘ちゃん不思議なんよ、一郎さんは、その婚姻は認めてないんよ」

「ほう」

「生前一郎氏は、父親の貞五郎さんや母親からそのことは聞いてないし、本家の古文書や系譜にも載っていないので、そういう事実はなかったと彼は言い張っとるんよ」

「学者は根拠や証拠がないものは信じないからね」

「本家の系譜を見ると、中堀貞五郎は律なる女性と明治二十三年に結婚しているけど、松山藩士〝太田厚〟なる人物の長女で、正岡律ではない。中堀貞五郎はその律さんとは明治三十一年病気のために死別しとるんよ。わしが会った一郎氏は、その後貞五郎が結婚した〝河部門枝〟という元女子教員との間に生れた子で、一郎氏を筆頭に三人の子供が今も高齢ながらご健在であることが分かったんよ。確かに貞五郎は律さんという人と結婚はしたが、それは正岡律でないと言っとるんよ」

「成る程」

「ところが平成五年になって、地元の新聞が中堀貞五郎のことを『四季録』という随想で三回にわたって取り上げた。執筆者は弓削商船高専名誉教授の〝村上貢〟という学者で、その記事の内容がこれなんじゃー」

私は地方誌で取り上げた随想の三枚のコピーに目をおとした。

そこに描かれているのは夏目漱石の「坊っちゃん」の中に出て来るうらなり先生のモデルに擬された中堀貞五郎の実像だった。

「坊っちゃん」の中に出て来る主人公坊っちゃんの同僚うらなり先生は、お人好しで青びょうたんのように顔色が悪く、ずる賢い教頭の赤シャツに婚約者を奪われ、遠い他県の中学校に追われたかわいそうな人物として描かれている。うらなり先生のモデルに擬された中堀貞五郎の実像は、小説の中に出て来るうらなり先生とはかなり異なり、彼が教鞭をとっていた松山中学から転任したのは他県の学校ではなく筆者村上氏がいた〝弓削商船学校〟であり、彼は漱石が松山中学にいた頃、既に妻帯していたことになっている。小説の中の婚約者としてのマドンナが入る余地はなかったのである。

四季録によると松山中学在職時の中堀貞五郎は、ことの外背が低くて、歩くときに体を左右に傾けながら、子供のような小さな靴でコットリコットリ音を立てるので、学生からは「コットリさん」という渾名がついていた。非常に正直で、真面目で、生徒を疑うことを知らないので、試験の時カンニングやるには都合の良い先生であったらしい。

私の知りたいのは、この中堀貞五郎と正岡律の関係である。

「四季録」の村上氏の随想の二回目の後のところで村上氏は、中堀一郎氏の助言を受けて、中堀貞五郎が松山中学在職時（漱石在職時にも相当する）、既に旧松山藩士太田厚の長女、律なる女性と結婚したことを認めつつも、なおそれ以前に正岡子規の妹、律と結婚したことを述べている。そのことからすると「坊っちゃん」のモデルに擬された中堀貞五郎は、（二人の律さん）と結婚し、三度目の結婚で子をなしたことになる。

一通り資料に目を通して顔をあげると、義兄は待ち兼ねたように言った。

「これらの資料や本家筋の資料を送ってくれた一郎氏も数年前に故郷の鹿児島で亡くなり、今は今治の幡勝寺に眠っているという報に最近接したんよ。これでだんだんと明治が遠くなるということよ」

「そうじゃなあ―」

相づちを打ちながらも、私はなお中堀貞五郎と子規の妹、律が短い期間とはいえ結婚生活を送ったという確証を持てなかった。

「四季録」の中で村上氏はそのことは既成の事実としてとらえている。にもかかわらず私がそのことに確証が持てないのは、義兄が何度か出会った中堀貞五郎の長男一郎氏が、亡くなる直前までその事実を認めなかったことによる。

もしその婚姻が事実とすれば、中堀本家の古文書にそのことが一行も触れられていないということは、中堀本家で、そのことを隠しておきたいという意図があったとしか思えない。

村上氏の「四季録」からすると、中堀貞五郎と正岡律の婚姻の証しは、子規全集の中にある年譜によって証明されると書かれている。一郎氏はこうした裏付けを知りつつも、尚、父貞五郎と正岡子規の妹、律の婚姻を認めようとはしなかった。

私はそこに何か謎めいたものを感じていた。

中堀夫婦の家に一泊した翌日の朝、私は中堀貞五郎氏と正岡律の婚姻の確認を求めての調査のため、松山市内、堀の内の一角にある県立図書館に向った。

図書館は教育文化会館の中に在った。

夏場のせいか館内は、その立派なコンクリート建ての偉容をもちながら、ひっそりとしていた。

子規全集は直ぐに見つかった。

子規の系譜のページをめくると、明治二十二年六月十三日（木）の所にその事は記されていた。

「妹、律、松山中学校教師中堀貞五郎と結婚する。（正岡家戸籍）（子規全集大二十二巻・年譜資料・講談社）

正岡家の戸籍にその事が記されているとすれば、これはもう動かし難い事実と言わなければならない。念のために「四季録」で村上氏が触れていた松山中学校時代の中堀貞五郎の異色の教え子、元海軍大佐水野広徳の自伝書「反骨の軍人、水野広徳」を借り出してみると、「四季録」で村上氏が紹介した松山中学時代の中堀貞五郎の実像が紹介されていた。

その中で次のような記事があった。

(中堀貞五郎、今治の人、子規の妹律と結婚していたが間もなく離婚した)

ここでも中堀貞五郎と正岡律の結婚は紹介されている。なお子規全集の方の注釈は更に詳しい。

(中堀貞五郎は松山中学の地理の教師、学校の廊下をコットリコットリ歩くので『コットリさん』と渾名されたという。なお律は翌二十三年四月二十一日に離婚し復籍した。(正岡家戸籍))

これはもう間違いは無い。明治二十二年六月十三日中堀貞五郎と正岡律は戸籍の上でも結婚している。そして翌二十三年四月二十一日離婚が成立している。

二人の結婚生活は、わずか十ヶ月余りだったことになる。

離婚の理由は何だったのか?

正岡家にはその事実が残っているのに、中堀本家の古文書にはその記載がないのは何故か?

今は故人となった中堀貞五郎の長男一郎氏は、こうした子規全集の記事や年譜を承知していながら、亡くなるまで、父貞五郎と正岡律の婚姻を認めようとはしなかったのは、そこに何か彼がそうしなければならない相当の理由があったのだろうか?

私はその謎を解明すれば、元木律子と正岡律とを結ぶ糸口が開けてくるように思えた。ただそれを解明する手掛かりは、何処にもなかった。

義兄の家に帰ると、姉の洋子が待っていた。私が図書館に行っている間に、元木の未亡人安子から電話があったと言う。

直ぐに電話を入れると、安子が出て来た。

「昨日貴男が帰った後律子のことについて思い出したことがあるのでお知らせしようと思って」と彼女は幾分低い声で言った。電話ではちょっと、と言うので、私はその日再度元木の家を訪れることを約束した。

私が元木の家を訪問するのは、安子の都合もあって、午後三時と決められた。

時計は十一時を回ったばかりである。

私はその時間を利用して久し振りに道後温泉の本館に行ってみる気になった。

いつもの電車に乗って道後温泉の終点駅に降り立つと、反対側に止まっていた坊っちゃん列車が出発するところだった。髭をはやした明治の私鉄の駅服を着た三人の男達が、出発前の準備を整えたり、客と話をしたりしている。そのいでたちは、昨日とは違って不自然には見えなかった。多分に明治風の駅の建物と、釣合いがとれていたし、何よりも今私自身が正岡子規の妹、律なる人物に、強くひかれていたせいかもしれない。

正岡子規も、妹の律も、夏目漱石も、律の夫だった中堀貞五郎も、みんなこの坊っちゃん列車に乗ったにちがいない。

律は「坊っちゃん」の小説に出て来るマドンナのように派手な日傘を持って列車に乗り込み、ポーと、まるでオモチャのような列車の汽笛を聞きながら、明治の街並を窓から眺めていたことだろう。駅の広場に立つと、汽笛を合図に、列車が走り出した。汽笛は平成の街並には似合わないと思ったが、その不似合いさが私には、滑稽と映った。

このとき私は道後公園に隣接して子規記念館があるのを思い出し、何か律の手掛りになるものがあるかもしれないと思い、入って見る気になった。

子規記念館は十年ばかり前に一度訪れたことがある。そのときは、明治のきらびやかな風景に目を通したという感慨は残ったが、何かを求め調査するという気持はなかったので、漫然とやり過してしまった。

今日こそは、と言う気持が湧いてきたが、なんと休館の文字が見え、がっかり。

そのまま傍らの公園に入って行くと、横に長い沼があり、それに添って遊歩道が続いていた。途中のベンチに座って、四十年前、元木律子と二人でそこで過したひとときのことを思い出す。

あのときは、寒々とした冬の日だった。

私は律子に愛を告白し、律子は私の言うことを黙って聞いていた。

あのとき私がどんな話をし、律子がどの様に応じたか、年と共に記憶の中から遠ざかって行く。ただ律子の日本髪に結った髪にさした大きい薔薇の花を象った赤い簪と、憂いのある白い顔を私は忘れることは出来ない。

律子は何故あのとき私のふところに飛び込んできてくれなかったのか……。生前の元木にそのことを尋ねたが、……そんなこともあったかねー……と、まるで龍宮から故郷に帰って来た浦島太郎を迎える村人のような返事が戻って来ただけだった。

過ぎて見れば過去というのは夢と同じか。

今更元木律子が正岡子規の妹律の末裔だと言うことが判明したとしても、それが今、どれ程の意味を持つと言うものでもない。でも、私はそのことを明らかにすることが、今は亡き律子への唯一の愛の証しであるように思えたし、そうせずにはいられない言い知れぬ衝動にかられていた。

記録によると、漱石の「坊っちゃん」のうらなり先生のモデルとされた中堀貞五郎は、生涯三人の妻を持った。

最初は正岡子規の妹律であり、二番目もまた律という松山藩士太田厚の長女だった。前者とは離婚し、後者は早くに病没した。

三番目に女教師阿部門枝と結婚し多くの子を成した。その長男が中堀一郎氏だった。

中堀貞五郎と正岡子規の妹、律の結婚生活は、わずか十ヶ月余りである。その間に子供が出来たという記録は何処にも無い。

しかし私は、元木の未亡人安子から、生前元木律子に影のようにまとわりついていた女の話を聞き、図書館で正岡律と中堀貞五郎の結びつきに接してみると、正岡律と貞五郎の間に子供がいたという大胆な仮設の誘惑から逃れられなくなった。

この仮設がもし真実とすれば、二人が離婚したあと、生まれた子供は他家に養子となって貰われていくと言うことは、十分に考えられる。その子供の末裔が元木律子だとすれば、彼女の生前、彼女に影のようにつきまとっていた女が、その鍵を握っていると私は思った。

私が立ち上がると、正面の沼の濃い夏の緑の水が、動いたように見えた。

そこには着物をまとい、赤い簪をさした律子が映っているような錯覚を覚えたのだが、映っているのは登山帽を被った老人の顔であり、それが私の顔とわかるまで、しばらく時間がかかった。

私は公園を出て道後温泉本館の建物に向って歩きはじめた。

月曜のせいか道後の街は観光客もまばらで、不思議な静まりがあった。

玄関脇のチケット売場で二階席の入浴券を買い、赤いタオルをもらい、座敷で浴衣に着替えてから急な階段を降りて浴室に向った。

浴室は熱く、蒸し風呂のような気配があった。

入っているのは、観光客らしい中年の男が二人だけだった。

古い湯船の形は、どうやら明治の物らしく、あらためて辺りを見回すと、時代を超えた男達の声がするような錯覚さえも覚えた。

二階でしばらく寛いだ後、私は元木の未亡人安子との約束の時間まであと一時間余りしか残っていないことに気付いた。急いで本館の入り口に向う途中で、入るときは気付かなかったが、右側の壁面に、夏目漱石の「坊っちゃん」を映画化したときの写真が貼られていた。

それも様々な時代の「坊っちゃん」が、その時代を反映して、時代の俳優達によって演じられている様が伺えた。

昭和四十年代の「坊っちゃん」につながる写真の中に、以前から知っている喜劇俳優の顔があった。

その下に、うらなり先生という文字が見える。小説の中では、主人公の引き立て役としてのうらなり先生は、お人好しの青びょうたんのように顔色の悪い男だった。教頭の赤シャツによって婚約者のマドンナを奪われ、他県の中学に追われる悲劇の人でもあった。

この人のモデルが中堀貞五郎だとすれば、「反骨の軍人水野広徳」の自伝書の文中の彼の実像は、その人のよい気質は似ていても、漱石が松山中学で教鞭をとっているとき、彼が二番目の妻律と所帯を持っているときであり、赤シャツ教頭によって学校を追われるということもなかった。

唯、貞五郎が転勤で県内の弓削商船学校に移ったという事実はあるが、多くは漱石が生前公言した通り、特定のモデルはなかったのだろう。

「坊っちゃん」を漱石が雑誌「ホトトギス」に発表したとき、モデル論議が起き、自らモデルとして名乗りをあげた人もいたらしいが、作者は同僚達の履歴や性格を巧みに差し替えて「坊っちゃん」を創作したと思われる。

それにしても私は、映像の中の明治人、うらなり先生のモデルの中堀貞五郎は、やはりあの写真の中の喜劇俳優とは違うと思った。

殊の外背が低いが、子供のような小さい靴でコットリコットリと歩く松山中学のお人好しの先生は、家では予想外に気難しい明治人で、気の強い正岡子規の妹律とは性格的に合わなかったと想像される。

義兄の家で見た中堀貞五郎の晩年の写真の中の顔は、長くて厳しい明治人の顔だった。

夏の午後三時の太陽は、幾分陰りを見せはじめたとはいえ、まだまだ暑かった。

元木の家の呼鈴を押すと、安子が出て来て、「お待ちしていました」と、低い声で言い、私を応接間に導いた。

「お知らせしたらいいものかどうか迷ったんですけど、昨日の石田さんのご様子から、電話してしまいました」

安子は、私にこんなふうに切り出した。

「これは生前主人が言ってたことなんですが、律ちゃんを元木家に連れて来たのは何でも寺町の和尚さんで、そのとき律ちゃんはまだ生れたばかりだったそうです。このことは昨日お話しようと思ったんですが、確証がなかったんで、ちょっとためらってしまったんです」

「それはいつ頃のことですか」

「律ちゃんの生れは昭和十六年三月ですから、あの戦争が始まるちょっと前の頃のことと思います」

「そうですか、それで律子ちゃんを連れて来た和尚さんの寺の名前分かりますか」

「それなんですよ。石田さんがお帰りになってから古文書などを見たんですけど、見つからなかったんですが、主人の日記の中でようやくそれを発見したんです。浄福寺と言うんです。律ちゃんの三回忌法要のときの記述なんですが、主人は両親から聞いてその真相を知っていたんでしょうね」

「成る程、浄福寺というのは寺町にある寺で、名前だけは聞いてますが、そこは勿論元木家の墓のある寺ではありませんよね」

「勿論です。元木家の墓は、城南地区の街中ですから、……ああそれから、思い出しました。その元木家の墓に律ちゃんの命日に、必ず訪れる女の人がいるという話が最近まであったんです」

「ほう、それはもしかすると、律ちゃんに若い頃から付きまとったという女じゃないでしょうか。もし本当にその女が律ちゃんの生みの親ならそう言うことも考えられる」

「私は一度だけその人とすれ違ったことがあるんです。もう二十年以上前のまだ元木が元気な頃で、律ちゃんの命日だったと思います。主人と二人でお寺に行ったんです。寺の門のところで、幾分腰のかがんだ大柄な七十歳前後の女の人が帰って行くところでした」

「七十歳位の？」

「ええ、私達の顔をちょっと見ましたけれど、直ぐに目をそらし、年に似合わずかなり早足で歩いて行ったんです。元木家の墓に行くと、既に真新しい花が生けられていて、墓石には水をたった今かけたような形跡がありました。私達は呆然としてさっき女の人とすれ違った方向を見ながら、主人と顔を見合わせました。帰りに住職にそのことを聞いたんですが、知らないと言うんですね。唯、年に一、二度それらしき年配の女性の姿は見かけたことはあった、と言っていました」

「成る程、最近はどうなんでしょう」

「主人も律ちゃんと同じお墓に入っているので、このところお寺に行く機会も多いんですが、住職さんによると、あの老女の姿は最近は見かけないって言っているんです」

「どの位の期間来てないのでしょうか」

「ここ二、三年は見てないと言ってました」

その人はもう亡くなったのか、それとも病気で寝たっきりになったのかどちらかだろう、と私は思った。

もしその人が律子の本当の母親であるとすれば、律子のルーツをたぐり寄せることが出来るかもしれない。しかし亡くなったとすれば、律子と子規の妹、律を結ぶ手掛りは、そこで絶たれてしまう。

私は急がなければならないと思った。

翌日の朝も晴れていた。

雲一つない空とは、こんな空のことを言うのだろう。

学生時代東京からここへやって来た友人が、この蒼い空を見上げて、空が違う、と言った。わけを尋ねると、彼は大きく深呼吸をしながら、

……ここにはすばらしい空があると言うことだ……。

そう言った友人も、昨年肺がんで亡くなった。空のない東京に彼は永く住み過ぎたのかもしれない。

調査を早めるため私は次の日、元木の未亡人から聞いた寺町にある浄福寺に朝から出向くことにした。大街道のホテル前からタクシーに乗り、城山の麓を通って十分も走ると、直ぐに寺院の点在する坂のある道に出た。

小さな橋を渡り、墓を囲む白い塀の尽きるところで車は停まった。

「お客さん、ここが浄福寺ですけど」

降り立つと直ぐに蝉のけたたましい声が耳に入ってきた。入口の正面は本堂になっていて、左手は白い塀の内側にそって墓場だった。右手は石が敷かれ、そこを辿るとどうやら住職の住居らしい古い木造の平屋が見える。

どちらに進むか一瞬ためらったが、すぐに墓の傍らで草取りをしているランニングに短ぱんというでたちの男を認めた。近づいて声を掛けると、男はゆっくりと私を振り返り、

「何でしょうか」

とぶっきらぼうに言った。

男の額からは、おびただしい汗が噴き出していたが、男はそれを拭おうともせず、やがて立ち上がると、私の方を正面から、今初めてそこにいる人間を確認した、といった態度で見つめて来た。長身の巨漢で、六十歳を幾つか越えた年配と思えたが、筋肉質のかなり鍛えた体と思った。

「お尋ねしたいことがあってやって来ました」

私がそう言うと、男は大きくうなずき、そこでようやく額の汗を拭った。

私が自分の素姓を名乗ると、男は「住職の寺山です」と若々しい声で言った。

私は話せる男ととっさに判断し、律子のルーツを尋ねていることを率直に手短に説明し、協力を求めた。

「わかりました。知っているだけのことはお話致しましょう」

そう言って住職は私を本堂の方へ導いた。

本堂への石段とそれに連なる木造の階段辺りは、正面からの太陽の灼熱で陽炎がしきりに立ち昇り、さながら空気が燃えているように見えた。

住職が私を案内したのは、本尊が正面に見える祭壇の前の畳の間で、そこは小さな寺には似合わぬ立派な伽藍の古い趣があった。

涼やかな風が何処からともなく入ってきて心地が良かった。住職は隅に置かれた座布団を私にすすめ、自らは短パン姿のまま、あぐらをかいた。改めて正面の本尊を見ると、最初見たとき、厳しい像と見えたのに、今は優しく微笑んで、その透明のようにさえ見える肌の白さが、際立って見えた。

「あゝ、あの像ですね、あの阿弥陀如来像は、江戸の末期に造られたものと思われますが、長い歳月を越えて、なおあのように光沢を誇ってます」

「成る程、しかしこの辺りの寺町は、昭和二十年七月の松山大空襲で、相当の被害を蒙ったと思いますが、この伽藍はよく焼失から免れましたねえ」

「ええ、それがですね。私がここに入る前の住職が本堂を守ったと聞いています」

「それでは先代の住職さんは、あなたの血縁の方ではないのですか」

「その通りです。私は寺山と言いますが、先代は松岡良成さんという方で、その方は昭和四十年に亡くなりました。なかなかの人物だったと伺っていますが、実は私は高知から来た人間で、生前の松岡さんにお目にかかったことはありません。檀家の総代を長くやって頂いていた森山さんと言う方から先代の話は聞いていたんですが、一生独身を通され、結局子供もなく、この寺も住職のないまま放置出来ませんので、私が入ったんです」

「いつ頃のことですか」

「昭和四十一年の夏のことで、先代の松岡さんが亡くなって一年が経過していました」

「成る程」

このとき私は、空襲の日の赤い火の海の映像が頭に甦った。

松山大空襲は終戦の年、昭和二十年七月二十六日の遅くに始まり、翌朝未明まで及んだ。市内の中心部はまったく灰燼に帰し、罹災戸数一万四千三百戸。死者二百五十一名。行方不明八名。負傷者は数え切れないほど、と言う記録が残っている。最初の襲撃は街の中心にある城山の西から北側にかけて始まり、北側の寺町は、相当なる被害を受けた。

「私は当時はまだ高知の田舎にいましたのでその頃のことは存じませんが、檀家総代の森山さんのおばあちゃんの話によりますと、この辺りの寺の多くが、第一波のＢ二十九の襲撃によって焼け落ちたそうです」

「でもよくこの本堂は助かりましたねー」

「ええ、今申し上げましたように、住職の松岡さんのご活躍があってのことなんですよ」

寺山住職の語ったところによると、寺は、大型爆弾の直撃こそ受けなかったものの、本堂を含め十発にも及ぶ焼夷弾に見舞われたという。当時の母屋は全焼、本堂は松岡住職と、もう一人親戚の女と称する女性が来ていて、二人で消火に勤め、何とか消し止めたらしい。

「よく燃えないで消し止められましたなぁ」

「いやねー森山さんによりますと、運が良かったと言うんでしょうか。焼夷弾は本堂に三発も落ちたそうですが、そのことごとくが天井に止まらず、そこを抜けて、下の畳の上に落ちたそうです。そいつを松岡住職が蒲団で叩いて消し止め、その上にバケツに用意していた砂をかけたと言うんですよ」

「よく頑張りましたねぇ」

「ええ、それでも、最後は、空襲が何波にもわたるので、その女性と共に裏山に避難したそうです。そのとき住職はあの阿弥陀如来のご本尊を背中から荒縄をかけて背負い、裏の山道をぐんぐん登って行ったそうです」

私は改めて正面にある本尊の像を見つめた。像は五十七年前の自らの苦難の日をまるで知らぬかのように、優しい微笑みを投げかけてきた。

「空襲のとき、もし焼夷弾が本堂の下に落ちず、天井に止まっていたら、この建物は恐らく焼失していたでしょう。それを免れたのも仏の御心によるものでしょう」

ここで初めて寺山住職は、宗教家らしい仏の加護を語った。

「それで面白い逸話が残っているんです。空襲が止んで、ご本尊を改めて山の中腹から本堂に移すとき、松岡住職がそれを背負おうとしたとき、重くてびくとも動かなかったそうです。檀家の人達が六人がかりで長い時間かけて本堂まで運んだそうですが、空襲時六十八歳の松岡住職がどうしてあの重いご本尊を一人で山に運んだのか、誰もが不思議がっているんですよ」

私は火事場の馬鹿力と言う言葉を思い出したが、そのことは口にしなかった。そういう言葉は今は亡き松岡住職への冒とくのように思えたからである。

「それで空襲のとき松岡住職と一緒に居たという女性は、住職とどういう関係だったんですか」

「いやね。森山さんの話によると、その女性は、何でも松岡住職と一緒に暮していた訳ではなく、時々顔を見せる程度だったそうです。空襲の夜はたまたまそこに居たということでしょうか。側から見ると、親子のようにも見えたそうですが、その女性が住職に甘えていると言った風情はなくて、むしろ教師と教え子と言った関係にも見えたそうです」

私はこのとき、何の根拠もあるわけではなかったが、この女性の素姓や生い立ちを手繰り寄せていけば、元木律子とのつながりが分かるような気がした。

「その女性はどういう人だったんでしょうか」

「詳しいことは分かりませんが、森山さんが語ったところによると、松岡住職の先代の老僧夫婦が育てておられた女の子が居たそうです。ただ、女性は年齢からして老僧のお子さんとは考えられませんので、誰かに頼まれて、養女として育てられたのではないでしょうか。いずれにしろ、その女性がどういう立場の人であったかは存じません。檀家総代の森山さんが生きておられれば、その辺りのところも、もっと詳しくわかると思いますが、あいにく四年前に亡くなりました」

「そうですか、他にその女性のことを知る手掛りはないでしょうか」

住職はしばらく黙想していたが、やがて目を開けると言った。

「森山さんのおばあちゃんは亡くなりましたが、その妹さんという方がまだ市内の古町にご健在とうかがっております。体が不自由とかで、寺の方にはおいでになりませんが、行けばもっと詳しい話は聞けるのではないでしょうか」

私は寺山住職に礼を述べ、寺を去ることにした。改めて本堂を見回すと、戦後の混乱期を生きぬいてきた、ものを言わぬ建物が、まるで何かを告げているような錯覚さえも覚えた。

「空襲の夜から焼け残ったこの本堂には、四十人以上もの戦災で家を失った人が押し寄せてきて、ここで不自由な自炊生活を送ったそうですが、松岡住職は彼等を手厚くもてなしたそうです」

「成る程、ところでそういう人達は、ここでどのくらいの期間過したのですか」

「最後の人がこの本堂を出たのが昭和二十四年の秋だったそうですから、ようやく日本人が自分を取り戻して働き始めた頃ですよね」

私はもう一度寺山住職にお礼を言って浄福寺を後にした。

太陽が真上にあり、灼熱の光が降りそそいでいた。

私が通る坂道は蝉が鳴いていたが、私が進むにつれて、声は止み飛び去っていく。


浄福寺の坂道を降りた私は、路面電車が走る環状線の鉄砲町の駅まで歩くことにした。少し遠回りにはなるが、途中に私が卒業した出身高校があり、その辺りの変貌を見たかったからである。十五分くらい歩いてようやく、正面に高校の建物が見える正門のところまで辿り着いた。学校の建物を含めその辺りの風景は、ほとんど見覚えがなかった。

記憶にあるのは、その位置から南の方向に見える城山の風景だけだった。

夏休みのせいか、校門は閉まっていたが、左手の隅に、人が一人通り抜けるくらいの入口があった。午前中でクラブ活動を終えて帰るらしい五、六人のオレンジ色のジャージ姿の男子生徒達がそこを通り抜けて行った。彼等は私の後輩達だ。

一人一人握手をしてやりたい。そんな衝動にかられたが、実際には唯ぼんやりと通り過ぎて行く生徒達を見送っただけだった。

半世紀も前に私はここで三年間の高校生活を送った。その証拠がどこかにないか探したくて、私は思い切って、生徒達が抜けてきた入口から校舎に入った。

正門を入ったすぐ右側の茂みを見ながら更に北に進むと、すぐ右手に見覚えのない薄オレンジ色の三階建ての建物が目についた。近づくと同窓会々館と書かれたその建物の前に胸像があった。どこか見覚えのあるひげ男の顔である。

この胸像の男が誰であるか、私は承知している。この高校が旧制の私立北予中学校と呼ばれていたとき、三代目校長として、亡くなる年まで六年間、ここで奉職していた郷里が生んだ明治の名将、秋山好古の胸像に違いなかった。

この男が何者か、日本のためにどういう仕事をしたか、在学中教師から聞いた覚えはあるのだが、その内容はほとんど記憶にない。私がこの男に興味を覚えるようになったのは、卒業後何年も経ってからである。

司馬遼太郎が「坂の上の雲」の中で、正岡子規と共に、日露戦争の功労者秋山好古とその弟真之の二人を取り上げたとき、秋山好古もまた改めて歴史上の人物として世間の注目するところとなった。近年、明治陸軍屈指の名将としての秋山好古を取り上げた読みものがいくつか出版されている。

そこで共通するのは、日露戦争で、当時世界最強と言われたロシア帝国の誇るコサック騎兵集団を破り、世界をあっと言わせたという一点である。この戦勝の功績は、この大戦で、東郷元帥率い、好古の弟真之が参謀をつとめた日本海軍が、ロシアのバルチック艦隊を撃破したそれにも匹敵するものだった。

彼は日露戦争後も、近衛師団長、軍事参議官、教育総監等の要職に就任し、日本陸軍の育成に貢献した。晩年には明治天皇より爵位を賜わることになっていたが、それを辞退、故郷松山に帰り、この学校の三代目校長に就任した。

地位や栄誉に執着せず、自らの信念だけに生きた明治の男の生き様がよく出た逸話だと、この話を聞いたとき私は感動を覚えたものである。

私はこのときふと思ったのは、秋山好古と正岡律の出会いはあったのだろうかということだった。「坂の上の雲」の中では、同じ藩中の縁談として、好古の弟真之と正岡律とのことがそれとなく描かれているが、これは勿論作者の司馬遼太郎氏の想像の中のロマンだろうが、だからと言って全くは否定できない。と言うのは、明治の松山という限られた狭い社会では、ありえないことではないのである。

正岡律と中堀貞五郎がどのような縁で結びついたのかは定かではない。同系の藩とはいえ正岡家は松山藩の所属であり、中堀貞五郎は今治藩出身の人である。正岡律は、松山藩系の秋山兄弟ではなく、今治の人、中堀貞五郎と一緒になり、わずか十ヶ月余りで離婚した。何故二人は別れなければならなかったのか、その理由を証言する人は今はいない。

中堀貞五郎と律の間に子供がいなかった、と言うのは定説である。

しかし私が元木律子と正岡律を結ぶ何かがあると言う仮説から逃れられないのは、やはり生前の元木律子の証言だった。

私と元木律子のたった一度のデートのとき、彼女は道後公園の寒々とした蓮のある沼を見つめながら、見知らぬ中年女から貰った赤いばらの簪の説明をしたのだった。

簪をくれた人は、自分の血につながる人でもあり、正岡子規の縁のつながる人でもあると確かに言った。

察するにその中年女は、元木律子の実母ではないかと言う想像が私の中にある。もしそうであるならば、その女性は、浄福寺の先代老僧松岡信成やその子良成との縁でつながっているはずである。その先のことはわからないが、それが更に中堀貞五郎や正岡律の糸につながれば、元木律子は正岡律と中堀貞五郎の間に生まれた子供の子孫という仮説も成立する。

生前貞五郎の長男一郎氏は、義兄の前で父、貞五郎と正岡律の縁を頑なに否定したと言う。厳然たる事実を明かす資料があるにもかかわらず、一郎氏がそれを否定したのは、そこに何かがあるのではないか。

私には、大胆な仮説があった。

即ち、中堀貞五郎と正岡律が離婚したとき、正岡律のお腹には子供がいた。生まれてまもなくその子は密かに浄福寺の住職松岡氏に預けられ、松岡家の養子となった。その子の末裔が元木律子だとすれば、彼女は正岡子規の妹、律とつながる。

実際、正岡子規は、労作「病床六尺」の中で、看病する妹、律のことを、多分病気の苛立ちもあってか、二度結婚して二度共離別した、と書いている。その中の一度が中堀貞五郎であることは明らかだ。

ふと我に返ると、明治の男秋山好古が、私を見つめていた。胸像の銅色の幾分黒ずんだ色が、歳月の年輪を忍ばせる。クラブ活動を終えたジャージ姿の女子高校生が何人か、不思議そうに像の前に立つ私を見ながら、通り過ぎていく。

私は半世紀も前にこの高校で学んだ。今ここに立つと、その無常の時間が、まるでなかったような錯覚さえも覚えた。

私は満たされぬ心のままに学校近くの鉄砲町の駅から電車に乗って古町に向った。電車はきしんだ音を立てながら幾つかの駅を通過して古町駅に着いた。

古町は、昭和二十年の松山大空襲で、本町通りにあった私の家が焼失するまで、馴染んだ土地だった。平屋の改札口を出ると、正面にかなり幅の広い平和通りが東に向って走っている。

昔はここを路面電車が走っていたのだが、今はない。浄福寺の住職の寺山さんに教えてもらったとおり、古町駅から東に向って何本目かの道を左折すると、閑静な住宅地に入った。浄福寺の檀家総代森山さんの家は、東南の角地にある木造二階建ての立派な建物だった。

呼鈴を押すと中から、はーいと若やいだ声がして、長身のエプロン姿の女性が出て来た。彼女は三十を幾つか越えた位なので、住職に紹介された今は亡き森山千恵さんの妹幸恵さんであるはずはなかった。私が浄福寺の住職から紹介されて幸恵さんに会いに来た旨を告げると、ちょっと首をかしげ、躊躇するような仕草をしたが、やがて、どうぞと言って私を建物の裏にある別棟の家に案内した。

「もう叔母は年ですので、脚が不自由な上、最近は大分ボケも出て来ておりますので、ご承知下さい」

彼女はそう言い、私を母屋の中に導いたのだが、幸恵さんのことを叔母と呼んでいるところをみると、身よりのない年老いた幸恵さんを姉の今は亡き千恵さんが引き取り、千恵さん亡き後も幸恵さんはそのまま、甥か姪の家に居着いたのかもしれない。

案内された薄暗い部屋で幸恵さんは、長いソファーに身を寄せて、ひっそりと居た。

「叔母さん、お客さんよ、浄福寺の住職さんのご紹介の方が来られたんよ」

彼女が大声でそう言うと、幸恵さんは今気がついた、というような表情をして、私と彼女を交互に見つめてからおもむろに、「今日は」と言った。

その弱々しい額に皺の多い小柄な老婆の表情から、私はこれは話を聞き出すのは難しいかな、と思ったのだが、姪らしき女性が立ち去って話し始めると、にわかに生気が甦った表情となり、かなり明確な返事が返ってきた。

「浄福寺の松岡さんの家のことでしたら、本当は私なんかより檀家総代していた姉の方が詳しいのですが、まぁ姉から断片的に聞いた事は、話させて頂きますから」

幸恵さんはそんな風に言って、私の方をじっと伺うような目つきで見た。

「いやーおばあちゃんも何時までもお元気で何よりです」

私は質問の前にそんな風に言い、幸恵さんを労ったのだが、幸恵さんは、ハハハ、と初めて笑い、

「死んだ姉は明治生まれですけど、私は大正生まれですから」と言ってもう一度笑った。

私が元木律子のルーツを尋ねていることと、今までの経過を手短に話すと、幸恵さんは何度もうなずいていたが、私が浄福寺の寺山住職の話をしているとき、私の言葉を遮るようにして言った。

「そりやー繁ちゃんのことやろ」

「繁ちゃん？」

「そうじゃがな、繁ちゃん、浄福寺の老僧に育てられたお子さんで、老僧が亡くなられた後は、先代の松岡住職と一緒に暮してておられた」

「老僧というのは？」

「ええ、先代の松岡住職のお父さんで、何でも太平洋戦争のはじまる七、八年前に亡くなった、と聞いています。私はその方については知りませんけどね」

「それで繁ちゃんと言う方は、松岡さんとはどんな関係だったんですか？」

「それがねー」

幸恵さんは、ちょっと白い目をむくようにして私の方を見ながら、次の言葉を一瞬ためらったが、やがて決心したように今までより一段と低い声で語りはじめた。

「繁ちゃんは、私より小学校が四年上じゃから話したこともなかったけど、浄福寺のお子さんとして承知しておりました。どういう訳か年頃になっても結婚なさらなかったんですが、戦争が始まる年だったでしょうか、父なし子を産みなさった」

「父なし子といいますと？」

「これも姉から聞いた話なんですが、土地の連隊の兵隊さんとねんごろになり、その人の子を産みなさった、というんです。相手の兵隊さんというのは九州の方で、妻子のある方だったんで、生れたのは女のお子さんでしたが、直ぐに住職が養女として他家に出された」

それが元木家に養女として入った律子に違いない。年頃からしても一致する。元木律子が高校生の頃、密かに付きまとっていた女性というのは、この繁子に違いない。

「繁ちゃんはその頃三十歳を越えた年令じゃったのに、兵隊さんの方はまだ二十四、五位じゃった、魔がさしたのかどうか知らんけど、親子二代にわたって寺の娘達はふしだらなことをなさったと、当時近所の評判じゃった」

「親子二代？」

「そうじゃがな、繁ちゃんのお母さんと言う人は、松岡住職のお父さんの老僧が養女として育てたお子さんで、姉の話では捨て子じゃったと聞きました」

「ほう」

「その捨て子の女の人もまた、女学校に行きなさっとったんですが、これもまたこともあろうに、女学校の妻子持ちの中年の教師と駆け落ちをしなさった」

「それでどういうことになったんですか」

「当時としては狭い田舎のことですけん大変な評判じゃったそうです。駆け落ちの二人はその後しばらく行方知れずになっとったそうですが、二年位経った頃、生れたばかりの女の子を連れて女の人だけが寺に帰りなさった」

「ほう」

「でもね、女は生れたばかりの女の子を寺に預けたまま、また直ぐに出て行ったきり、帰ってこなかったんですね。老僧は仕方なくその子を育てなさった」

「その子が繁子さんですか」

「そう言うことです、だから繁ちゃんが兵隊さんの子供を産んだとき、近所の人達は、陰で血筋はあらそえんと悪口を言っとったんですが、それは松岡住職親子への同情の声でもあったんです」

「その駆け落ちの二人はその後どうなったんでしょうか」

「全くの音信不通と言うことらしいです。先生の方はその後、日本に併合された朝鮮の方で見かけた人がいたという話も伝わっておりますが、そのとき女の方は先生と一緒ではなったそうで、全くの行方不明ということなんです」

「生きていれば何歳位になられるのでしょうか？」

「さあ、もう百歳をとっくに越えていなさるじゃろけん、今はもう仏でしょうよ」

幸恵さんは遠くを見るような目つきでそう言い、薄暗い天井の一点を見つめていた。その目つきは、私にはまるで彼女が明治の世を見ているようにさえ思えた。

幸恵さんの話はそこまでだった。これ以上彼女を問い詰めても、無理のように私には思えた。それでも元木律子と浄福寺の松岡住職との糸は、何とかつなぐことができた。元木律子は、繁子と土地の連隊の兵士の間に生まれた子であることは、間違いのないことのように思える。念の為に後で戸籍で裏付けをとれば、はっきりするだろう。

問題は浄福寺の老僧が育てた繁子の母親の血筋である。幸恵さんは、彼女が捨て子だったという。このあたりに私は釈然としないものを感じた。捨て子とあらば、その先の糸を手繰り寄せようもない。そこに私は何か意図的なものを感じた。その意図を解明すれば、元木律子と正岡子規の妹律とのつながりが浮かび上がってくるのではないか。

幸恵さんに送られて、母屋の玄関まで出たところで、私は肝心なことを聞くのを忘れていた、と思った。靴を履き終えてから私はもう一度幸恵さんに向って尋ねた。

「ところで繁子さんと言う方はご健在なのでしょうか」

「あゝあの方でしたら、二代目の松岡住職が居られた頃までは、時々浄福寺に顔を出していたと言うことは聞いてましたが、その後はずっと顔を見せていないようです。どうしておられるのでしょうかねー、何でも太山寺の茶屋の離れで暮していると言うことは聞いていますが、その話も二十年以上前のことですから今はどうなんでしょう。生きておられても私と四歳違いですから、九十二歳にはなっているはずです」

「そうですか、今日はどうも有難うございました」

私がそう言うと、幸恵さんは「あなた、私は長い間お寺に行っておりませんので、もし寺山住職にお会いしたら、私がよろしく言っているとお伝えください」

と言った。

幸恵さんは、私がこの家に来たとき出会った彼女の姪が言うようには、ぼけてはいなかった。唯足は不自由そうだったが、八十八歳という年齢にしては、むしろしっかりした老人だった。もしかすると、姪達の前では演技をして、ぼけた振りをしているのかもしれない。その方が彼女にとっては何かと都合がいいからではないかと推量する。

幸恵さんの家を後にして、私は一度ホテルに帰ることにした。

長い城山の正午を告げるサイレンが鳴り、それが私の郷愁を誘った。

昼食の時でもあり私は、古町駅に近い昭和通りに面したうどん屋に立ち寄り、ざる蕎麦を注文した。

蕎麦をすすりながら私は、今となってはその生死は不明だが、何とか松岡住職に育てられた繁子という女性を追うしか、元木律子と正岡律の関係を解く鍵はないと思った。

しかし生きていたとしても、繁子は既に九十二歳の高齢である。彼女が松山の中心部から車で三十分程度の所にある、四国巡礼第五十二番目の札所太山寺に近い茶屋に住んでいたという幸恵さんの話も、もう二十年以上も前の話である。

二十年という歳月は、経ってみれば短いが、その変化は仏教でいう諸行無常の理にある通り著しい。これ以上正岡律と元木律子の関係を追ったとしても、それを証明する何かが出て来るということは、ほとんど期待出来ないかもしれない。それでも私は、やるところまでやるしかないと思った。

このときの私を駆り立てたものは、今は亡き元木律子への愛と鎮魂だったろうか。

翌朝、私はホテル前からタクシーに乗り太山寺へ向った。

和気町へ通じる道は、幅の広い舗装された何の変哲もない国道だったが、五十七年前の昭和二十年七月二十八日、私達一家はこの道を着のみ着のままで、市の中心部より戦火を避けて歩いて太山寺に向ったものだ。

松山大空襲でその二日前に住家が全焼し、父の知人を頼っての疎開だった。当時は舗装のない埃っぽい道で、右手に道に沿って小さな川が流れていた。全員がよれよれの服を着て、よろよろと歩いた。そのとき、父の頭にかぶった戦闘帽からはみ出した汗で湿ったタオルが、風に微かにゆらめいているのが記憶にある。

焼夷弾で片目を失った父は、時々眼帯の目をかばいながら杖にすがるようにして歩き、その後を母と二人の姉と弟と私が続いた。その道の先に何があるか、あのときは誰も考えなかった。唯この道を辿れば、私達が休むことが出来る宿があるとしか考えなかった。

その道を私は五十七年振りにタクシーで走っていた。和気から国道を左折すれば、あとは真直ぐ行くだけである。途中の右手に、疎開中の一年間私達が通っていた小学校があったが、その建物には改築したのか見覚えがなかった。しばらく走ると門前町の古い木造りの街並が続き、その先に門がそびえていた。

タクシーの運転手は、寺の上の駐車場まで行く事が出来ると言ったが、私はその申し出を断わり、そこから山頂に近い寺院近くまで歩くことにした。

二ノ門に近い旧家の家に、私達一家は終戦の年から一年余り厄介になった。

今その家がどんなになっているか、見てみたい誘惑にかられたが、直ぐに気持を変えて、幸恵さんに見当を付けてもらった寺に向う坂道の途中にある茶屋に向うことにした。

一段と道より高い石の上のある二ノ門は、記憶の中では巨大な構えという印象があったが、今見る門はこじんまりとして、巨大というほどではなかった。二ノ門から寺に向う坂道は登って行くと、昔と同じように巨大な木々が生い茂り、両側から真上の蒼い空を覆いかくす程だった。

人は誰も歩いていない。静寂だけがせまってくる。耳をすますと、右手の川のせせらぎの音が聞こえてくる。流れる水は少ないが、川底まで透き通って見える。疎開していた頃、ここにどじょうを取りにきた記憶が甦ってくる。

考えて見ると、私がこの地に住んだのは、終戦の年である松山大空襲の日から僅か一年だったが、その頃これから私が訪ねる繁子という女性もまた、この地で暮していたのかも知れない。

長い坂道を十五、六分も歩いた所で、空を覆っていた木々がなくなり、平地に出た。右手には茶屋らしい木造りの二階建ての家が二軒ばかり並んでいた。その家の形には、微かな記憶があった。しかし、やはりどこか違っていた。多分、その二軒の家が今や茶屋としての機能を失い、ごく普通の住宅に衣替えしているせいかもしれない。あの頃あった正面の旅人を迎える座敷もなく、そこは閉鎖されていた。

一ノ門から長い坂道を登って来た遍路達は、ようやくそこで一息をつき、道路に沿った座敷の前で寛ぎ、正面に張り出した椿の木々を見つめながら、お茶を飲んだに違いない。あの戦争末期の夏の日にさえも、この坂道ですれ違った遍路の姿を、私は子供心に覚えていた。いずれもが年配の男女の人達で、少人数ではあったが、あの逼迫した時期だからこそ信仰に生きようとしたのではなかったか。その心は今になって理解出来る。

ウイークデーのせいか、その辺りにも人影はなく、私はハンカチで顔の汗を拭いながら更に進んだ。十メートル位進んだところで、再び平らな道に出たが、今度は左手に茶屋らしき二軒続きの店の所に出た。幸恵さんに聞いてきた茶屋はその辺りの筈だった。二軒続きの手前の方の店は、旅宿としての体裁をまだ整えており、道路に面した前の方の座敷も戸を開けたまま解放されていた。その前面には板張りのスノコのような形の長い椅子が幾つか並べられていた。

人影はなかったが私はそこに腰を下ろし、一息ついて、夏の空を見上げた。椿の木や名も知らぬ木々が生い茂り、空間の空を一層蒼く見せていた。

「何か冷たいものを差し上げましょうか」

振り向くと、そこに割烹着姿の四十年配の女性が立っていた。かなり豊満で、人の良さそうな顔が笑っている。

「そうですねー、何か冷たいものがありましたら」

女性が挙げた飲み物の中から、私はラムネを選んだ。衝動的に出た言葉で、子供のころの記憶が、その名を口にしたに過ぎなかった。

女性は暇らしく、私がラムネを飲んでる間も、空を見上げる私の視線に目を走らせながら、

「旅の方ですか」と言った。

「ええ、故郷はこちらなんですが、ここへ来るのは五十七年振りなんです」

そう言うと女性は目を丸くして、

「あら、私が生れる以前のことですね」

と言うと、けたたましく笑い声を上げた。

私が五十七年前に一年ばかり住んだ頃の思い出を語ると、女性は想像以上の興味を示した。

戦争末期にはこの坂道の茶屋の何処もが、大阪辺りからの疎開児童を預ったり、近くの松山海軍航空隊の基地から出撃前の予科練習生達の休息所として使われていた。私が坂道を寺に向うとき、後ろの方から歌を歌いながら二列になって登って来る疎開児童達の姿を今も思い起こすことが出来る。

今にして思えば、私達の前を通り過ぎて行く生徒達は、まだ小学校五、六年生だったに違いない。歌う歌の多くは軍歌だったように思うが、記憶に残っているのは、特攻隊の歌だった。「日本一億特攻隊、その魂は皇国の歴史貫く魂だ……」と歌う少年達にその意味がわかっていたのだろうか。「杉の子」の歌もあった。あれは戦争中の歌にしては、明るい感じがした。

あの頃いた少年達も、私より年上だから、今は七十歳を越えている筈だった。今同じ人達が特攻隊の歌を歌いながら、この坂道を登ってきたら、それは異様な光景になるかもしれない。文字通り老人部隊なのだから、それが今の私には現実的なもののようにさえ思えた。

「いえね、旅のお方の昔話、私、繁ばあさんからよく聞かされましたよ」

私の昔話を聞いていた女性が、不意にそう言ったとき、私は彼女に向って思わず聞き返した。

「繁ばあさん？」

「ええ、戦争の始まる前からここで暮している方で、戦争中は疎開児童や海軍基地の兵隊さんのお世話を、ここでしていたんです」

「今、繁ばあさんという方は何処に？」

「ええ、今もうちに居ますよ」

女性はこともなげにそう言うと、身を乗り出してきた私を、不思議そうに見た。

彼女に案内されたのは茶屋の裏側の茂みの中にある離れ家だった。離れ家と言っても予想外に立派な造りで、木造家屋の確りしたけやきの柱も真新しい。

身よりのない身で六十年も前に、この地に身を寄せ、今は世話になった茶屋の家の代替りもしたというのに、このような立派な家で暮す老女には、それなりの徳があったのだろうと推測された。

九十二歳にもなろうというのだから、多分蒲団の中で一日中もうろうとした頭で、うたた寝でもしているのだろうと思っていたのに、案内された奥の間の八畳もあろうかと思われる畳の部屋で、長いソファーに座って平然と新聞を読んでいる白い老眼鏡をかけた老女を認めた時、私はその予想外の若さに、たじろぎにも似た気持になった。

案内してきた女性が、手短かに私の来訪の主旨らしきものを耳元で囁くと、老女は、探るような目で私を見つめて来た。藍色のワンピースを着ているので、その顔立ちこそ整ってはいるが、皺のある丸顔が妙にアンバランスに見えた。

「突然お邪魔して済みません、五十七年振りにこの地に参りまして、懐かしさで一杯です」

私がこんな風に通り一遍の挨拶をすると、老女は私の言葉が補聴器なしでも聞こえるのか、にっこりと笑い、

「あの時代は、大変な時代だったですねー」

と遠くを見るような、それでいて焦点の定まらぬ目で天井を見上げた。両側の窓は全て開け放されていて風が自在に吹き抜け、夏の午後に近い時間だというのに涼しかった。

「終戦のときあなたもここにいらしたんですねぇ」

私が少年の目で見た当時の世相を語ると、老女はそんな風に言い、嘆息するような声を挙げた。今は表情のない顔に返ってはいるが、九十二歳には見えぬ色艶があった。

終戦の日、私は茶屋の前で終戦を告げる天皇の声を聞いた。大人達が何人かラジオの前にたむろし、深刻な顔でラジオに聞き入っていた。戦争に負けると言うことがどんなことか、私は承知していなかったが、あのときこの老女もこの地に居て玉音放送を聞いたに違いない。三十過ぎの身寄りのない孤独な女性が、この放送をどんな風に受け止めたのか、私には推し量りようもなかった。

「死ぬということが、恐ろしいとは思わない時代でした。目的の無い生活でしたので、つい投げやりな気持になって、海に身を投げたいような気持になることもありましたが、私には、どうしても少なくとも成人するまでは、見届けてやらねばならぬ子供が居たんです」

「律子……。元木律子」

私がそう言うと、老女は驚きの表情を浮かべまじまじと私を見つめて来た。

「一体……あなたは、誰ですか？」

しわがれ声を発する老女の今までとは違う、鋭い視線が、只ならぬ光を宿しているように私には思えた。

「私は、若い頃元木家に出入りしていた石田という者です。あなたがもしかすると律子さんの実母ではないかと思い、ここまでやって来ました」

それを聞くと老女は、視線を私から外すと、長い溜息のような声をあげてから、

「あなた元木の章夫さんのお友達の石田さん、私が以前から存じていた、あの石田さんですか？」

と言ってもう一度視線を私に返してきた。

「ええ、そうです、石田です」

老女の顔は一転して穏やかな顔に変わっていた。

「私は石田さんをずーと、ずーと前から知っていました。律子の口からあなたの名前を何度も聞きました。あの娘は本当はあなたのことが好きだったんです」

その言葉は、私の気持を怯ませた。そんな筈はないと思った。

「そりゃー繁子さん、律子さんと結婚された音楽の先生のことでしょう」

繁子さんという言葉をこのとき私は初めて口にした。そしてその響きは決して不自然に私の耳に返ってはこなかった。

「いいえ、違います。律子が愛していたのは、石田さんあなたです」

断言するようなその言い方に私は更にたじろぎ、老女の次の言葉を待った。

「律子を嫁に欲しいとあなたが言って来たとき、律子は悩みました。思い余ったあの娘は私の所まで相談にやって来たんです」

老女の語ったところによると、私との縁談には、元木家の誰もが反対だったと言う。

「それは本当ですか？」

「本当ですよ、私は嘘はつきません。律子を育てていただいた元木のご両親も、お兄さんの章夫さんも、みんな反対だったんです。元木家というのはそういう家なんです」

「排他的ということですか？」

「そういうのもありますが、要するに身内は外に出さない、ということですよ」

「外に？」

「ええ、この土地の外にやるのは嫌なんですよ」

昔、私が元木の家に出入りしているときは、そんな風に見えなかった。元木の両親は、子供の友人達を快く受け止め、理解のある人達だった。言わんや友人の元木に至っては、そんな偏狭な心の持主ではなかった。それに律子が私を愛しているのに、それに反対する理由は、彼らにはなかった。いくら松山が好きだと言っても、義理の娘や兄妹とはいえ、本人の意志は無視出来なかったはずである。

そうした疑問を今老女にぶつけてみても、今更始まらない、と私は思った。それでもそのとき私が口にしたのは、遠慮のないものだった。

「律子さんが私を愛していたという証拠はありますか？」

「証拠？」

と老女は言い、次の瞬間、ハハハ、と声にならない、苦しい呼吸をするときのような息をして笑った。そしてその笑いが止まると、

「証拠はあります」

と真面目な顔を向けてきた。

老女が大きく手を叩くと、先程私を離れ家に案内した四十年配の女性が廊下の方から現れ、部屋に入らないで腰をかがめ、何でしょうか、と言った。

「私の戦後のアルバムを悪いけど取ってつかぁさい」

老女はそう言いながら、一方で私の方を振り向き、

「何時までも口のへらぬ私じゃけど、足腰だけは、もうどうにもならんのですよ」

と言い訳のように言う。

女性は心得顔に私達の居る部屋の右隅にある黒塗りの本箱に進むと、そこからアルバム帳を五、六冊ばかり取りだして、老女の前に置いた。本箱も立派だがアルバムの表紙もねずみ色の布がかけられ高価なものと分かる。女性が立ち去ったあと老女は、その中から一冊を取りだし震えながらも、器用にページをめくっていく。七、八枚めくったところで彼女の目が止まった。

「石田さん、これを見てつかあさい」

老女が指さす写真には確かに見覚えがあった。ボートの上で海水パンツ姿のままオールを握っているのは、まぎれもなく大学時代の私であり、その横で、白いパラソルを私に差し掛けている黒っぽい

昔風の水着の女は、高校生の律子だった。この写真を撮ったのはこのボートの先の方からで、元木に違いない。あれは昭和三十四年の夏のことで、三人で梅津寺海水浴場に遊びに行ったときの写真に違いなかった。

元木章夫は妹思いの兄だった。当時地元の大学に通っていた私達仲間は、私達の大学のコンパにさえも妹を連れて来る元木を、近親相姦の関係じゃないか、と陰でやっかみ半分の悪口を言う仲間もいた。が、高校時代から美人の誉れ高い律子が、私達の前に現れることに、反対する者はいなかった。今、老女が示した写真の中の律子もまた、不意に現れたのだが、私は心が踊った記憶がある。

「この写真は一体どこで？」

「ええ、律子が死ぬまで定期入れの中に大事にしまっていたものです。多分律子は、音楽の先生と結婚してからも、この写真は肌身離さず持っていたんでしょうね。私は生前の律子からも、じかにあなたを慕っていた様子をうかがうことがありました」

嘘だ、と私は心の中で叫んだ。そんなことはあるはずはない。

律子は、自分の主張や生き方は、自分で決められる気性の強い利発な娘だった。私の律子への意志は、はっきりと道後の公園のベンチに座って二人で話したときに、伝えてある。いくら家族が反対したからと言って、唯それだけで自分の気持を退けるような娘ではない。

確かにこの写真は、元木律子を通じてこの老女の手に渡ったものには違いない。だからと言ってこの写真を三十五歳の若さで交通事故でこの世を去った律子が身に付けていたとは到底思えない。信じたい気持はあるが、易々とそれに乗ってはいけないと、このとき私は自らを戒めたのだった。

「それはにわかに信じられませんね」

「どうしてですか」

老女はさも憤懣やるかたないと云うような表情を浮かべ、初めてここで感情をあらわにした。

「だってそうでしょう、律子が交通事故で亡くなったあと、私は元木家に呼ばれ、彼女の遺品の一部を頂戴してきました。頂いた中に律子が死ぬまで肌身離さず持っていた定期入れがあったんですが、その中にこの写真があったんですよ」

写真は定型の名刺の大きさであり、白黒の写真はいまやセピア色に変形し、背景の海の色も、黒っぽい。言われてみれば確かに辻褄は合う。だが、私が老女の言葉に今一つ信頼がおけないのは、この段階で老女の中に元木律子の面影をどうしても見出せないでいたからである。

老女には皺はあるが、整った丸い輪郭の顔立ちは、若い頃の美貌を忍ばせるものがあった。だからと言って想像の中で律子の顔を重ね合わす時、やはりかなりの誤差があるように思えた。律子は老女程整った顔というのではなく、同じ丸顔ながら、年を取らない愛らしい顔立ちだった。多分美人という観点に立つと、若い日の老女の方が美形だったかもしれない。しかし私はこれ以上老女とそのことで議論しても仕方がないと思った。

そこで私はいよいよ本題に入ることにした。

「ところで元木律子の律子という名前は、どなたがお付けになったのでしょうか」

「私でございます」

老女は強い口調でそう言うと、

「律子を元木家に出す前から、いや私のお腹に兵隊さんの子がいると分かったときから、私は産む決心をしていましたし、その子が女の子であったときは、律子という名にしようと決めていました」

「それは何故ですか」

「私の祖母の名が律だったからです」

「おばあさん？」

「はい、正岡子規の妹、お律さんですよ」

老女はこともなげに言い放つ。

「失礼ですが、証拠がおありですか」

私は無礼を承知であえて尋ねた。

老女は一瞬怒気を含んだ醜い形相になった。が、直に自分を取り戻して語り始めた。

老女の語るところによれば、老女の母親は繁子が律子を産んで太山寺に来てから二度ばかり、彼女を訪ねて来たという。

一度目は太平洋戦争の最中であり、もう一度は戦後間もなくの頃であったと言う。戦争中はさすがにこの辺りも、四国八十八ヶ所五十二番の札所太山寺へ向う遍路の姿を見ることもめっきり少なくなっていたが、ある日彼女が参道に面した茶屋の縁側で疎開児童の世話をしているとき、背後から集団を抜け出した中年の遍路からいきなり声を掛けられた。

「もうすっかり大人になったねー」

女は嘆息するような声でそう言い、まじまじと彼女を見つめてきた。用件を聞くと、何も語らず、左右に首を振り、『……何でもないですよ……』と言って微笑んだという。その微笑の顔がそれから妙に繁子の心の映像に残っていた。

二度目に戦後会ったときも、女は遍路姿だった。今度女に気付いたのは繁子の方だった。繁子が本堂への坂道に佇んでいる側を、通り過ぎる遍路姿の老夫婦を見た時に、はっとした。女の人はあのときの女性だったのだ。女性の方も繁子に気付くと、近づいて来るや、『……しばらくね……』と言った。その表情は、七年ばかりの短い歳月の経過だというのに、繁子にはひどく老けて見えた。

その夜老夫婦は繁子の茶屋に一泊したのだが、女の人だけがひとり深夜遅くなって繁子の部屋を訪れ、自分が繁子の実の母親であることを告白し、彼女に詫びたと言う。

「そのときどんな話をされたのですか」

「ええ、主に身の上話でした。彼女は二十歳で浄福寺の松岡さんの家を離れ、男と駆け落ちしたのですが、そのとき一緒になった男とは直に別れたそうです」

「何故寺に帰らなかったのですか」

「やはり世間の目というのがあったのでしょう。でもね、母の言葉の端々から推定すれば彼女、松岡良成さんが好きだったのではないでしょうか」

「浄福寺の二代目さんですよね」

「そうです」

「好きだったら一緒になればよかったのに」

「いやそう言う訳にもいきませんよ、二人は兄と妹という関係で育ってきたし、それに……」

「それに？」

「余り好きでもない男と駆け落ちする前に、彼女の方から良成住職に、兄ではなく男として自分を愛してくれるように頼んだそうですから」

「松岡さんはそれを拒んだ」

「そういうことです。住職にすれば彼女はやはり、妹だったのでしょう。住職は生前随分私を可愛がってくれました。一度もそんな話はなさいませんでした。住職は一生独身を通されましたが、心の何処かに母がいたんではないでしょうか」

「一方でお母さんは、松岡住職がいたからこそ寺へ帰れなかった」

「そういうことだと思います」

私はこう言うのが明治の恋なのだろうと思った。

「他にお母さんはそのとき何を語られましたか？」

「はい、母は捨て子として松岡の老夫婦が育てたことになっていますが、本当はそうではなかったそうです」

「誰がそんなことを？」

「はい、母はその真相を小学校の高学年になったとき老僧から聞いたそうです」

彼女は何故か小学校に通っている頃、同級生から喧嘩のときなどによく、捨て子と呼ばれたことがあったという。だからそのことを老僧夫婦に尋ねたことがあったが、最初は彼等も真相を語ろうとはしなかったが、ある夜、学校で捨て子と呼ばれひどく落ち込んでいる姿を見て、松岡老僧がようやく話してくれたのだという。それによると、繁子の母は、当時の地方の有力者を介して寺に預けられた。

「有力者とは？」

「地方の政治家だったと聞いています」

「預けた人は？」

「……」

老女が黙り込んだので、私の方が言った。

「中堀貞五郎」

老女はその名前を聞いても、肯定も否定もしない。しばらく黙り込んだまま、天井を見上げていた。

「中堀貞五郎」

もう一度私がそう言うと、ようやく老女は私の方に顔を向け、

「そういうことです」

と歌うように言った。

「正岡律と中堀貞五郎の間には子供がいた。その子は二人の離婚後、いち早く浄福寺に預けられた。中堀家ではその事実を隠すために、正岡律と中堀貞五郎の間に生まれた幼い子供を、捨て子として処理するように浄福寺の松岡老僧に頼み、育ててもらうことにした」

「そういうことです」

中堀家の過去帳や古文書の中から正岡律と中堀貞五郎の婚姻の記録がないのは、もしかすると、この女の子の出生を隠しておく意図があったためかもしれない。

老女の話は、私が推定した通りのものだったが、確証がなかった。老女の話は、自分の母親と名乗る女が終戦を挟んで、二度ばかり彼女が住む太山寺の茶屋に訪ねて来たときの話だった。その女もまた、自分の実の両親が、中堀貞五郎と正岡子規の妹律であることは、育ての親である浄福寺の老僧から聞いた話であり、私にとっては、繁子の所に訪ねて来た女が、繁子の実母であり、正岡律の娘であるという確証は持てなかった。

「お信じにならなければ、それはそれで結構ですよ」

私の不審顔を見ながら老女がやはり不機嫌そうに言ったが、次の瞬間、ハハハ……と笑いでない乾いた声で意図的に笑った。

自分の意に反することがあれば、彼女は笑うことにしているのかもしれない。

そのとき彼女は不意に杖にすがり、すーと椅子から立ち上がった。私はちょっと危惧を感じ、思わず歩み寄ると、老女は私を制し、二、三歩ばかり歩いて窓辺に立った。

「石田さん、経って見ると人生は放恣な夢ですねー」

と言った。

老女が見つめている視線の先は山だった。経ヶ森の山々は、真夏の光の中で赤く染まって見えた。

終戦の日から一週間ばかり経った頃私は、軍隊から引き揚げてきた兄と一緒にこの経ヶ森の白い像が立つ山頂に立って、海を眺めた。山の真下の私達がよく海水浴を楽しんだ砂浜には、何艘もの上陸用舟艇が砂に食い込むように停まり、赤い肌の占領軍であるスコットランド兵がラッパを吹きながら、のんびりと歩いていた。その光景がこの間のことのように思い起こされる。

人生は放恣な夢であると老女は言うが、私には今日まで老女がそんなに勝手気儘に生きてきたとは思えない。しかし多分老女が言う放恣な夢とは、九十二歳の彼女の到達した人生哲学なのかもしれないと思った。

「長い間お邪魔しました。今日は本当に貴重なお話を伺い有り難うございました」

老女はしばらく動かなかった。

その横顔を見たときだった。

……あっ……。

私は声にならない声を挙げた。

老眼鏡を外した老女の横顔が、まさに元木律子と重なったからだ。

……律子がいる……

あのあどけない律子の面影がそこにある！

一瞬ののち、老女は、面を私に向けた。そして、穏やかな口調でこう告げた。

「……お帰りですか……。また、お出で下さいと申し上げても、次にお会いすることはおそらく叶いますまいが……」

老女は、立ち上がる私を見上げてから、ふっと目を逸らせ、頭を下げた。

以後、玄関で見送るまで、私と目を合わせることはなかった。

このとき私は元木律子が正岡律につながる女であったかどうかなど詮索することはないと思えてきた。

理由はない。

何故かそう思えた。

部屋を去るとき、私は部屋の隅の低い箪笥の上に置かれた赤い置物のようなものが目に止まった。

近づいて見ると、それは赤いばらの簪だった。

律子と初めてで、最後となったデートの日、着物姿の彼女の髪にさされていた赤い簪に違いなかった。

私はそれをいつまでも見つめた。

見つめているうちに、不覚にも涙があふれてきた。

素手で何度も拭ったが涙は止まらない。

背後に人の気配がして振り返ると、そこには律子とうりふたつの老女が立っていた。

終わり

第21回堺自由都市文学賞佳作作品
この小説は、史実、事実を参考にしたフイクションです。

【参考文献】

『坂の上の雲（一）』司馬遼太郎著　文春文庫
『子規全集二十二巻　年譜資料』講談社
愛媛新聞社『四季録』欄　村上貢著　愛媛新聞社
『反骨の軍人・水野広徳』水野広徳著　経済往来社
『秋山好古』野村敏雄著　ＰＨＰ

あとがき

「銃剣」は、第十三回「歴史浪曼文学賞」（郁朋社主催）に応募した作品で、第三次選考までは突破しましたが、受賞には至りませんでした。

幸い主催者郁朋社の佐藤聡編集長より、推敲して本にしてみては、とすすめられ、日の目を見ることになりました。

明治二十六年生れの亡き父の面影を思い浮かべながら書きあげました。

「律子の簪」は平成二十一年、堺市が主催する第二十一回「堺自由都市文学賞」に佳作に選ばれた作品です。

受賞式の日、選考委員の一人、作家の藤本義一氏より「……定年になって七十歳を過ぎてからよく書いたなー」とねぎらいの言葉をかけられました。

その言葉が励みになり、今も小説執筆のエネルギーになっています。

最後に本にして頂いた郁朋社の佐藤聡編集長に感謝申し上げます。

平成二十五年五月

白井靖之

【著者略歴】

白井 靖之（しらい やすゆき）

昭和9年10月生まれ。愛媛県松山市出身
昭和34年　松山商科大学商経学部卒業
昭和34年　昭産商事株式会社
昭和49年　退社（営業部次長）
昭和49年　淑徳与野高等学校教諭就任
昭和63年　埼玉栄高等学校教諭
平成19年　退職（副校長）
平成21年　第21回「堺自由都市文学賞」に於いて「律子の簪」が佳作入賞
現在、学校法人佐藤栄学園評議委員
サトエ記念21世紀美術館評議委員

銃剣《じゅうけん》

2013年8月29日　第1刷発行

著　者 ── 白井《しらい》 靖之《やすゆき》

発行者 ── 佐藤 聡

発行所 ── 株式会社 郁朋社《いくほうしゃ》

〒101-0061　東京都千代田区三崎町2-20-4
電　話　03（3234）8923（代表）
FAX　03（3234）3948
振　替　00160-5-100328

印刷・製本 ── 壮光舎印刷株式会社

落丁、乱丁本はお取り替え致します。

郁朋社ホームページアドレス　http://www.ikuhousha.com
この本に関するご意見・ご感想をメールでお寄せいただく際は、
comment@ikuhousha.com までお願い致します。

 ISBN978-4-87302-566-7 C0093